忘れ形見の名に愛をこめて

ブレンダ・ジャクソン 作

清水由貴子 訳

ハーレクイン・イマージュ

東京・ロンドン・トロント・パリ・ニューヨーク・アムステルダム
ハンブルク・ストックホルム・ミラノ・シドニー・マドリッド・ワルシャワ
ブダペスト・リオデジャネイロ・ルクセンブルク・フリブール・ムンバイ

HIS SECRET SON

by Brenda Jackson

Published by Harlequin Japan, a Division of K.K. HarperCollins Japan, 2024

プロローグ

　ブリストル・ロケットは急いで玄関へ向かった。こんな時間に誰かしら？　外はまだ明るいけれど、ここは金曜の夜や週末に人出でにぎわうパリの中心部からは離れている。以前は彼女もよく街に繰り出していたが、この数カ月ですっかり生活が変わってしまった。

　朝も夜もつわりに悩まされているのだ。少しにおいをかいだだけで、トイレに駆けこまずにはいられなかった。通常、つわりは妊娠十二週目ごろには落ち着くものだが、ブリストルの場合、十六週目になっても一向に終わりが見えなかった。そのため、胎児の発育に必要な栄養をじゅうぶんとるための特別メニューを主治医から指示されていた。

　ドアスコープからのぞくと、親友のディオンヌ・ビュルスだった。知り合ったのは四年前、フランス国内でも指折りの名門芸術学校であるアカデミー・デ・ボザールに入学するために、初めてパリへ来たときだ。ディオンヌもそのアカデミーの生徒で、互いに共通点が多く、たちまち意気投合した。

　パリで生まれ育ったディオンヌはフランスの文化を教えてくれ、一方のブリストルは、去年のクリスマスに彼女を連れてアメリカへ帰国し、叔母のドリーに紹介して、一緒にニューヨークの大晦日《おおみそか》を楽しんだ。あれが叔母と過ごした最後の休暇だったと思い出すたびに、悲しみが胸にこみ上げた。ただひとりの身内だった叔母は、その数日後に眠るように息を引き取った。

　ブリストルは笑みを浮かべてドアを開けた。「ディオンヌ！　驚いたわ。てっきりもう――」

「ブリストル、話があるの」

切羽詰まった口調だった。その目からも同じ表情がうかがえる。「わかったわ。入って。紅茶でも飲む？　ちょうど淹《い》れるところだったの」

「ええ、ありがとう」

いつもと違う様子に戸惑いつつも、ブリストルは友人を招き入れた。キッチンは玄関を入ってすぐのところにある。このお気に入りのワンルームのアパートメントは広くはないが、いまの自分にはぴったりで、思い出もたくさん詰まっている。おなかの子を身ごもったのも、ここだった。来月卒業してアメリカへ戻ったら、きっと恋しくなるにちがいない。

「座って。どうしたの？　マークと喧嘩《けんか》でも？」

ディオンヌは首を振り、テーブルの前に腰を下ろした。「私の話じゃなくて、あなたのこと」

「私？」ブリストルは驚いた。

「ええ。先月、話してくれたことを覚えてる？」

「もちろん。妊娠したことでしょう？」ディオンヌに打ち明けるのは簡単ではなかったが、誰かに話さずにはいられなかった。子どもの父親とは、偶然カフェで出会った。アメリカ海軍特殊部隊《ネイビー・シールズ》の隊員で、仲間と連れ立って店を訪れていた。彼に熱心に口説かれて、ブリストルは自分でも驚いたことに誘いに応じたのだ。ララミー・クーパーには、いつもの自分ではしないようなことをさせる何かがあった。それから三日間、ふたりで情熱的なクリスマス休暇を過ごした。ブリストルにとっては一生忘れられない時間となった。妊娠したのだから、なおさらだ。

「そう、あの男性の子を。アメリカの軍人の」

「ただの軍人じゃないわ。ララミーはネイビー・シールズよ」ブリストルは誇らしげな笑みを浮かべた。

「ええ、ネイビー・シールズのララミー・クーパー」

自己紹介をしたときから、互いに相手の名前を気に入っていた。ララミーは任務のことはもちろん、自分のことでさえ、ほとんど話さなかった。ブリストルが聞いたのは、彼がひとりっ子であることと、アメリカにいる両親はいまも健在だということだけ。アメリカのどこかもわからなかった。

　残念ながら、ディオンヌは休暇中にマルセイユの祖父母のもとを訪ねていたので、ララミーを紹介することはできなかった。もし会っていたら、きっと好感を持ったにちがいない。「彼がどうかした？」

「確かふたりで休暇を過ごしたあとに妊娠がわかって、連絡をとるために彼を捜していたわよね？」

　名前と年齢以外、ララミーのことは知らないも同然だったため、ブリストルはアメリカ海軍気付で手紙を送った。ところがその手紙は、数週間前に〝宛先不明〟で戻ってきてしまった。

「そうよ。前にも話したとおり、後腐れのない関係なのはお互い承知のうえだったけど、自分の子どものことは彼にも知る権利があると思うの。私の母が父に対してしたようなことはしたくないから」

　ブリストルは長らく自身の父親を知らなかった。母は、父に娘の存在を隠したまま、その秘密を墓場まで持っていった。母の死後、ブリストルは叔母のドリーから初めて父の名前を聞いた。ランダル・ロケットと会ったのは十六歳のときだった。父は驚きつつも、ブリストルを受け入れてくれた。

「わかってる。だから私も協力したいと思ったの」

　ブリストルは眉を上げた。「協力？」

「そう」

「どうやって？」

「私が以前、アメリカ人の男性と付き合っていたって話、覚えてる？　大使館で働いていた人」

「ええ、もちろん」

「その彼が最近パリに戻ってきて、ばったり会ったの。それで、あなたのネイビー・シールズの彼の名前を教えて、居場所を突き止めて、あなたに連絡するよう伝えてもらえないか頼んだのよ」

ブリストルは幸せがこみ上げて、全身に広がるのを感じた。ララミー・クーパーとはひとときの関係にすぎなかったかもしれないが、自分にとってはそれ以上の意味があった。彼に恋していたのだ。「それで、居場所はわかったの？」

ディオンヌはゆっくりとうなずいた。「ええ」

その答えに続きがあることを察して、ブリストルは友人を見つめた。ディオンヌの目に浮かぶ悲しみを見て、先ほどの幸せが消えていく。「どうしたの、ディオンヌ？　何かあったの？」

さまざまな考えが脳裏を駆けめぐる。ララミーが独身と言っていたのは嘘《うそ》で、妻子がいたとか？　ディオンヌは黙ったまま、目の前に置かれた紅茶のカップを見つめている。

ブリストルはがっくりと肩を落とした。「どうして言いにくいのか、わかるような気がするわ」

ディオンヌは顔を上げた。「本当に？」

「ええ。彼、結婚してたんでしょう。本人は独身だと言っていたけど、実際には違ったんじゃない？」

「ブリストル」

「いいのよ。それでも、彼には自分の子どものことを知る権利がある。たとえ関わらないことにしても、それは彼自身の決断だから――」

「そうじゃないの」ディオンヌが遮る。

ブリストルは眉をひそめた。「だったら、何？」

ディオンヌは答えずに紅茶に口をつけた。

友人のもったいぶるような態度に、ブリストルは思わず声を荒らげた。「ディオンヌ、お願いだから早く教えて。ララミーについて何がわかったの？」

ディオンヌは彼女の目を見つめ、深く息を吸いこんだ。「彼の携わっていた作戦が失敗して、命を落としたの。彼は亡くなったのよ、ブリストル」

1

三年後　カリフォルニア州サンディエゴ　海軍水陸両用基地コロナド

「確認するが、クーパー大尉、本当にクリスマス休暇を辞退して基地に留《とど》まりたいのか？」

ララミー・〝クープ〟・クーパーは、辛抱強く作り笑いを浮かべて上官の問いに答えた。「はい、そうです」

休暇で実家に帰るのが楽しみだなんて口が裂けても言わなかった。実際、楽しみにしたことはない。案の定、両親からは今年も自家用ジェットでロンドンへ行くと電話があった。物心がついて以来、毎年の恒例行事で、息子の死亡の知らせが届いた三年前のクリスマスでさえ、キャンセルしたとは思えなかった。

三十二歳で、ララミーは両親の行動に振りまわされるのをやめた。ライアンとカッサンドラ・クーパーの場合、地球はつねに自分たちを中心に回っていた。ときには息子の存在すら忘れているようだ。とはいえ、息子を愛していないわけではない。それはわかっていた。ただ、それ以上に夫婦で愛し合っているのだ。

ある意味では、結婚して三十五年になる現在も仲睦《むつ》まじいのは喜ぶべきことだった。ふたりは特別なものを共有し、壊せない絆《きずな》で結ばれている。生涯の愛とも言えるかもしれない。その一方で、同じ程度の愛情が息子に向けられることはなかった。だが、両親の経営する数百万ドル規模の企業には入社せずに海軍特殊部隊《ネイビー・シールズ》を選んだのは、そのこととは無関係だ。ララミーがみずから思い描く人生を実現したいという気持ちを、父は理解してくれた。それについては感謝している。

記憶にあるかぎり、休暇になると荷造りをさせられ、ラレドにある父方の祖父母の牧場へと追いやられた。それが不満だったわけではない。祖父母は思いやりに満ち、日ごろ不足している愛情を惜しみなく与えてくれた。むしろ、牧場まで迎えに来る両親のことを腹立たしく思ったものだ。

そういうわけで、今回の休暇も辞退を申し出ていた。ネイビー・シールズの仲間から実家に招待されなかったわけではない。実際、ベイン・ウェストモーランド――コードネーム〝ベイン〟――は、真っ先にデンバーの家族と一緒に過ごさないかと声をかけてくれた。だが、ベインの妻のクリスタルが半年前に三つ子を出産したばかりで、迷惑をかけるわけにはいかなかった。

〝マック〟ことサーストン・マクロイも、妻のテリーと四人の子どもがいる。〝バイパー〟ことギャビン・ブレイクは結婚して初めてのクリスマスなので、邪魔をしたくない。チームでもうひとりの独身、〝フリッパー〟ことデイビッド・ホロウェイは大家族で、四人兄弟全員がシールズに所属し、父親も元指揮官だった。去年の休暇はフリッパーの家で過ごしたので、今年も厚意に甘えるのは気が引けた。

「あいにく、その要望は却下する」

上官の言葉で我に返ると、ララミーは相手の目を見つめ、不満を顔に出さないようにした。「理由を教えていただけますか？」

「わかっているはずだ。きみを中心としたシールズ第六部隊は、今年度は多忙を極めた。ほとんど犠牲者を出さずに成功した秘密作戦をリストアップするまでもない。きみは休暇を取得して然《しか》るべきだ」

「本人の意に反してまでも？」

上官は彼の視線を受け止めた。「そうだ。軍の休暇というのは、とりわけシールズの場合、心身の回復に欠かせない。きみがどれだけ無理をしてきたか、この私が気づかないとでも？　シリアで捕虜となっていた期間を埋め合わせようとしているのではないのか？」

ラミラーはゲリラ兵の巣窟に囚《とら》われていた十一カ月を思い返した。来る日も来る日も生き延びられるか不安だった。ゲリラ兵は、ありとあらゆる手段で彼を死の恐怖へと陥れた。ロシアン・ルーレットをやらされたのも一度ではない。

そうしてやっと救出された。射撃の名手であるベインが、三十メートル以上離れた場所からゲリラ兵四人を仕留めたのだ。シールズの仲間が現れなかったら、ララミーは確実に死んでいただろう。

その十一カ月のあいだ、必死に正気を保とうとした。心の支えとなったのは、その任務の数週間前にパリで出会った女性との思い出だった。

ブリストル・ロケット。

わずか三日間の関係だった。ベッドをともにして、それまでにないほど快楽に溺れたこと以外、あいにく彼女についてはほとんど知らなかった。

「だが、どうしてもと言うのなら――」上官がふたたびララミーの考えを遮った。「きみに頼みたい重要な仕事がある。そのためにニューヨークへ行ってもらうことになるが」

ララミーは眉を上げた。「ニューヨークですか？」

「そうだ。国連安全保障理事会のメンバーに届けてほしいものがある」

何を届けるのだろうか。機密文書にちがいない。

この時期のマンハッタンは美しいイルミネーションに彩られていると聞く。ニューヨークへは何度も行ったことがあるが、クリスマスに行くのは初めてだ。「届けたあとは？」

「それはきみしだいだ。休暇を取りたければ、予定どおり、一月末までここに戻ってくる必要はない」

ブリストルは画廊を見まわした。自分の作品が展示されているのを見ると、いつも誇らしさと達成感を覚える。ましてや、このニューヨークのジャズリン・アートギャラリーでは格別だ。頬をつねって、夢ではないと確かめたいくらいだった。

このために懸命に努力してきたのだ。

「いいものでしょう？」

ブリストルはマネージャーのマージー・タウンゼントに目を向けた。「ええ、想像以上に」

マージーのピットブルのような粘り強い交渉のおかげで、ニューヨークでも指折りの画廊で個展を開くことになった。マージーとは去年、地下鉄で何気なく言葉を交わしたのをきっかけに知り合った。そして彼女の職業を聞くなり、その偶然の出会いは運命だと思った。さっそくマージーを自宅に招いて作品を見せると、彼女は興奮に目を輝かせ、ブリストルの人生を変えてみせると約束した。雑誌編集のアシスタントの仕事を辞め、才能あふれる画家として生活できるようにすると。

それから八カ月もしないうちに、マージーはブリストルの絵を一枚売った。買い手はとても気に入って、他の作品も何枚か購入してくれた。売上金は、マージーが請け合ったとおり、人生を変えるにじゅうぶんな額だった。ブリストルは辞表を提出し、いまは自宅ですべての時間を制作活動に充てている。

自身のキャリアの方向性には満足していた。以前のように息子を保育園に預けずに、毎日一緒に過ごせるようにもなった。

息子。

やんちゃな二歳児を思い浮かべて、ブリストルはほほ笑んだ。人生で最も大切な存在。というより人生そのものだ。何を決めるにも、まず息子のことを考える。すでに大学進学資金の貯蓄も始めた。いまはともにクリスマス休暇を過ごすのが待ち遠しい。昨晩はふたりでツリーを飾った。正確には飾ったのは私で、ララミーは手伝いたくて邪魔をしていたけれど——思い出して、ますます笑みが広がる。

ララミー……。

息子のことを考えると、その父親を思い出さずにはいられなかった。息子の名は父親であるララミー・クーパーから取った。我が子の存在も知らずに短い生涯を終えた男性。彼が生きていて、自分の送った手紙を受け取っていたらどうしたか、ブリストルは折に触れて考えていた。

私と同じように喜んだ？　それとも、自分の子どもではないと言い張った？　ララミー・クーパーのことはよく知らなかったものの、進んで子どもの人生に関わるような男性だったと信じたかった。自身の父がそうだったように。だが、その父と親子として過ごしたのは、わずか二年だけだった。

「支度はできた？　明日は大事な日だから、ゆっくり休んでもらわないと」

ブリストルは笑いながらコートを体に巻きつけた。

「そうするわ」

マージーはぐるりと目を回した。「二歳児が走りまわっていてもね」

マージーの言いたいことはわかった。ララミーが魔の二歳児となり、日ごとに制作にかけられる時間は減っていた。おまけに二歳ともなれば、あらゆるものに興味を持つ。おかげで集中して描けるのは、ララミーが昼寝をしているあいだか、夜に寝かしつけたあとの時間に限られた。

「私の提案は検討してくれたかしら？」

マージーから、ララミーを週に二、三日、保育園に預けてはどうかと言われたのだ。「ええ。でも、どこかに連れていくよりも、シッターを雇って家に来てもらおうかと思って」

「それもいいけど、そろそろ他の子どもと触れ合うことも必要よ」画廊の用意した送迎車へ向かいながら、マージーは話題を変えた。「ところで、スティーブンとは付き合うことにしたの？」

ブリストルは肩をすくめた。スティーブン・カルペッパーは感じがよくてハンサムだ。でも、やや強引すぎる。こちらが戸惑うほどに。初めて会ったのは数週間前、作品の注文で大きな契約がまとまったときだった。彼は依頼者である企業の弁護士だった。連絡先を訊《き》かれ、よく考えずに教えてしまった。以来、しょっちゅう電話をかけてきてはデートに誘われている。だが、いまのところ断っていた。押しの強い男性は苦手で、彼はまさにその典型だった。

「いいえ」

「私はいいと思うけど」

ブリストルはにやりとした。「でしょうね。あなたはお金持ちのビジネスマンが好きだもの」マージーはかつて、その手の男性と結婚していた。二度も。いまの夫は三人目だが、本人はまだ五十歳にもなっていない。そして三人の唯一の共通点は、銀行口座の残高が多いことだった。

「あなたがいまでもララミーの父親を忘れられないのはわかってるけど——」

「どうしてそう思うの？」

「あなたを見てればわかるわ」

本当に？　ララミーの父親のことは、軍人で、子どもができたことを知らずに任務中に命を落としたとしか話していない。しかもただの恋人ではなく、婚姻関係にあったことになっている。

それは簡単だった。ディオンヌの婚約者のマークが協力してくれたのだ。マークはパリの裁判所に勤めており、ブリストルの帰国前に書類を偽造した。

そうすれば、息子に父親の姓を名乗らせたことを疑問に思われずにすむ。けっして遺族年金が目当てだったわけではない。

「私が思うに、そろそろ前に進むべきよ……スティーブンと」マージーはブリストルの考えを遮った。

余計なお世話、そう言いたかった。けれども心の底では、マージーの言うとおりだとわかっていた。もう前に進んでもいいころだ。とはいえ、スティーブンとの未来は思い描けなかった。

ほどなくブリストルは自宅に戻った。叔母のドリーから相続した、ブルックリンの美しいブラウンストーンの家だ。住み心地がよく、地域にも馴染《なじ》みがある。十年前、十五歳で母を亡くしたときに、叔母の暮らすこの家に移り住んだ。

いまは悲しいことは考えたくなかった。モーリス・ジャズリンとの打ち合わせは申し分なかった。画廊のオーナーは明日の夜の個展に期待を寄せ、大勢の客を見こんでいた。ブリストルの作品に惚《ほ》れこんでいるのだ。

「今日はどうだったの？」

ブリストルは一階に下りてきた年配の婦人に顔を向けた。隣家に暮らすシャーロット・クレイマーは叔母の親友だった。

ブリストルは感謝していた。打ち合わせがあるときは、いつもミズ・シャーロットがララミーの面倒を見てくれる。明日の晩も、個展に出席しているあいだの子守を申し出てくれた。

「うまくいったわ。みんな、明日を楽しみにしてくれている。ミスター・ジャズリンは私の絵がすべて売れると思ってるわ」

シャーロットの口元に大きな笑みが広がった。

「すごいわ。ドリーはきっと誇らしいでしょうね。もちろんキャンディスも」

そうだろうか。母は私が画家になることを認めてくれなかった。その理由がわかったのは母が亡くなったあとだった。父が画家で、パリで絵の勉強をするために母と別れたのだ。母が妊娠に気づいたのは、父がアメリカを発《た》ってからだった。連絡先は知っていたが、あえて知らせなかったらしい。夢を追いかけるために自分を捨てた父を、母は恨んでいた。

ブリストルが初めて父と会ったのは十六歳のときだった。叔母が昔の母との約束を破ろうと決意していなければ、一生会うことはなかっただろう。叔母はブリストルと父親に互いの存在を知ってほしいと願っていた。その名前を聞かされたとき、ブリストルは自分が長年、その作品に憧れていた画家が実の父親だったと知って驚いた。

そして十六歳の誕生日に、勇気を出して連絡した。ようやく対面が叶《かな》うと、ランダル・ロケットには家族がいることがわかった。十歳と十二歳の息子ふたりと、妻のクリスタだ。ブリストルは唯一の娘で、父と驚くほど似ていた。芸術的な才能を受け継いだのも彼女だけだった。

父は亡くなった際に、自身が通ったパリの芸術学校の授業料全額に加えて、作品の大半をブリストルに遺《のこ》した。誰よりも喜ぶと思ったのだろう。実際、ブリストルはうれしかった。風の便りで、クリスタは再婚し、自分と息子が相続した作品を売り払ったと聞いた。

ランダル・ロケットの作品には何百万ドルもの値がつけられていた。蒐集家《しゅうしゅうか》たちは何度となく接触してきたが、ブリストルは頑として売らなかった。目下、父の作品は世界に冠たるニューヨークのメトロポリタン美術館とパリのオルセー美術館に展示されている。

父が亡くなる数カ月前に、ふたりで一枚の絵を完成させた。それはいまでもブリストルの最も大切な宝物だ。芸術的センスにおいても父と娘の感性はぴったりと合い、絵筆の持ち方まで同じだった。父が末期癌《がん》だということは死の直前まで知らなかった。本人が隠していたのだ。最期まで哀れみや後悔の目で見られることなく、あらゆる瞬間を娘と分かち合おうとしていたにちがいない。

悲しみを振り払うと、ブリストルはミズ・シャーロットに視線を戻し、ハンドバッグをテーブルに置いて尋ねた。「ララミーは今夜はいい子にしてた?」

ミズ・シャーロットはくすりと笑った。「いつもは違うの?」

ブリストルはにっこりした。「そんなことはないけど、たとえ手に負えなかったとしても、私には黙ってるでしょう?」

「そうね。男の子はそういうものよ。四人も育てた私が言うんだから、間違いないわ」

ミズ・シャーロットが帰ると、ブリストルは階段を上って息子の部屋へ向かった。ララミーはベッドでぐっすり眠っていた。部屋に入ると、おもちゃはきれいに片づけられていた。最近は言われたとおりにすることを学びつつある。いい傾向だ。

ブリストルはベッドに歩み寄ると、端に腰を下ろし、額の巻き毛をそっと撫《な》でた。父親に似ている。ララミー・クーパーの顔立ちは記憶に刻まれていた。息子のララミーが笑うと、両頬に父親と同じようなえくぼができる。口の形も、涼しげな目元もそっくりだ。大きくなったら、いとも簡単に女性の心をとらえるにちがいない。父親が一瞬で私の心を奪ったように。

息子の寝顔を見つめるうち、いつしかブリストルはネイビー・シールズのララミー・クーパーに出会ったあのときのパリにタイムスリップしていた……。

2

三年前　フランス、パリ

カフェの入口から男性の声が聞こえてきて、ブリストルはスケッチブックから顔を上げた。軍人だ。五人とも。軍服を着ていなくてもすぐにわかった。ジーンズ、シャツ、黒い革ジャンというしでたちで堂々と歩く彼らは、そろいもそろってみごとな体躯《たいく》だ。すごいわ。どこの所属なのかしら。けれども正直なところ、どこでも構わなかった。彼らが格好いいことに変わりはないのだから。

五人はそれほど離れていない席に座った。そのうちのひとりが、あたかも視線を感じたかのようにこちらを見た。しまった、見つかった。ブリストルは慌ててスケッチブックに視線を戻したが、手遅れだった。どういうわけか、顔を上げなくても、彼にじっと見つめられているのがわかった。まるで肌を撫《な》でられているようなまなざしを感じた。鼓動が速くなる。体じゅうのホルモンが沸き立つような、生まれて初めて味わう感覚だった。

スケッチに集中するのよ、ブリストルは心の中で自分を戒めた。父がフランスの名門芸術学校の学費を払ってくれたのは、軍人のグループに心をかき乱されるためではない。五人とも文句なしにハンサムだったけれど、彼女の目を引いたのはひとりだけだった。こちらを見つめ返してきた男性だけ。

「失礼」

顔を上げると、その男性が目の前に立っていた。近くで見たら、ますます男前だった。間違いなく目の保養になる。色気があふれて、セクシーで。

ブリストルはごくりと唾をのんでから口を開いた。

「何か？」

「もしよかったら……」

相手が言い終えずにじっと見つめてきたので、彼女は尋ねた。「よかったら、何ですか？」

「ここに座っても？」

できることならそうしてほしかったが、あいにく無理だった。ブリストルは腕時計に目をやってから彼を見た。「ごめんなさい。私、ここで働いていて、いまは昼休みなんだけど、あと五分もないんです」

「今日は何時まで？」

思わずまじまじと彼を見上げる。「いま何て？」

「何時に仕事が終わるのか訊《き》いたんだ。それまで待つよ」

冗談かと思ったが、彼の目は真剣だった。「四時間後には」

「じゃあ待ってる。きみ、名前は？」

どう考えても強引だったが、ふたりのあいだに燃え上がった熱い炎は無視したくてもできなかった。それに、どういうわけか無視したくなかった。むしろわくわくしていた。

「ブリストル・ロケット」

「珍しい名前だな。きみにぴったりだ。気に入った」

ブリストルは彼の声が気に入った。低音のハスキーボイス。聞いているだけで興奮がこみ上げる。ちょっと、私ったらどうしちゃったの？ こんなふうに考えたことは、これまで一度もなかった。品行方正というわけではないものの、それに近い生活をしてきた。四年近くパリにいて、デートをしたのは数えるほどだった。男性と出かけるよりも、スケッチブックを抱えこんだり水彩画を描いたりするほうが楽しかった。それがいま、この信じられないくらいハンサムな男性のせいで心が揺らいでいる。

「きみはアメリカ人？　それともフランス人？」とつぜん訊かれて、目をぱちくりさせる。「アメリカ人よ」

「俺もだ」

ブリストルはほほ笑んだ。このすばらしい体のアメリカ人は、何て魅力的なのかしら。彼を見ているだけで、この世に思い残すことはないと感じるほどだった。百九十センチはありそうな長身。軽くローストしたアーモンドみたいな色の肌。やや目尻の上がった黒い目。それに、まさに理想の形の唇。髪は短く刈り上げ、耳は顔に対してちょうどよい大きさだ。けれども何より目を奪われたのは、両頬にできるえくぼだった。ただそこに立っているだけなのに、他の男性にはまったく感じなかった感情がたかぶっていた。

「失礼ですけど、どちら様でしょう？」訊かれるばかりではだめだと思い、ブリストルは尋ねた。

「ララミーだ」彼はそう言って、手を差し出した。

その手を握った瞬間、彼の指から熱がほとばしり、脚のあいだを直撃した。彼の目を見ると、その黒い瞳に炎が燃えていた。やはり何かを感じたのだ。

「ララミー、あなたは結婚してるの？」

「いや、結婚歴はない。きみは？」声をかけたのは指輪をしていなかったからだが」

少なくとも既婚女性を口説くタイプではないようだ。なかにはそういう男性もいる。「いいえ、私も独身よ。結婚したこともないわ」

「じゃあ、ブリストル・ロケット、許可をもらえるかな？」

彼女は唇を舐《な》めた。「何の許可？」

セクシーな笑みが広がる。「きみが仕事を終えるまでここにいること」

それからどうするつもり？　ブリストルは知りたかったが、訊かないことにした。「もちろん。あなたがそうしたいのなら」

ララミーの笑い声に欲望をかき立てられたが、彼女の運命を決定づけたのは次の言葉だった。「きみに対しては、したいことがたくさんある」

信じられない。目の前に彼が立っていなければ、目を閉じて、うめき声を漏らしていただろう。この男性の誘惑に負けるのは、あまりに危険だ。あいにく親友のディオンヌは休暇でパリにいないため、相談することはできない。

「まずはパブで一杯どうかしら？」言ってから、ブリストルは顔をしかめた。これじゃあまるで飲んだあとに次の段階へ進みたがっているみたいだわ。

「それがいい。じゃあ四時間後に戻ってこよう」

彼が立ち去ると、ブリストルは腕時計を見た。休憩時間は明らかに終わっているが、あの軍人との出会いは始まったばかりだ。

急いでカウンターに戻ってエプロンをつけると、ウェイトレス仲間のメアリー・アンが例の五人の注文を取りに行くところだった。新たな客が入ってきて、ブリストルが子連れの夫婦のテーブルへ向かおうとすると、メアリー・アンに呼び止められた。

「あなたをご指名よ」笑顔で告げられる。

「誰が？」

「あの軍人たち。メニューは渡したけど、あなたに担当してほしいって。お願いね」

五人を取り巻く空気には熱いフェロモンがあふれ出ていた。ブリストルは深く息を吸いこむと、注文票を手にテーブルへ近づいた。「ご注文はお決まりですか？」

「クープは決まったようだが」ひとりが彼女に向かってにやりとしながら言う。「俺たちはまだだ」

ブリストルはうなずいた。「わかりました。それで、クープというのは？」

「俺だ」先ほど彼女に声をかけてきた男性が名乗り

をあげた。

ブリストルは彼をまっすぐ見つめた。「ララミーという名前じゃなかったかしら」

彼がほほ笑むと、膝が震えないようにするだけで精いっぱいだった。「そうだ。ララミー・クーパー。それで〝クープ〟と呼ばれている」

「そう」

「みんなを紹介しよう」ララミーはそう言って、仲間を見まわした。「まず、彼女はブリストル」

「はじめまして、ブリストル」彼らはいっせいに立ち上がると、礼儀正しく挨拶した。

「はじめまして」

「俺はベインだ」ひとりが名乗って、手を差し出す。ブリストルは端整な顔立ちの軍人にほほ笑みかけて手を握った。「こんにちは、ベイン」

「ひょっとしてニューヨーク・アクセント？」ベインが尋ねた。

「ええ。四年近くもフランスにいたら、そう簡単には気づかれないと思っていたけど」

ベインの笑みが広がる。「どうしても抜けない習慣もあるさ」

「そうみたいね」ブリストルはくすりと笑った。

「俺はフリッパーだ」もうひとりが手を差し出した。このうえなくセクシーな金髪の男性で、その目は見たことがないほど青い。海を思わせる色だ。だから〝足ヒレ《フリッパー》〟と呼ばれているのかしら。

「会えてうれしいわ、フリッパー」ブリストルは彼の手も握った。

「俺もだ、ブリストル」

「俺はマック」三人目が身を乗り出して彼女の手を取った。他のメンバーよりも三、四歳ほど年上に見える。

「こんにちは、マック」

「それで、俺はバイパー」

彼女は〝マムシ《バイパー》〟と名乗った男を見た。一番の長身で、やはりハンサムだが目つきが鋭い。「よろしくね、バイパー」握手をしながら言う。

「こちらこそ、ブリストル」バイパーは笑顔で応じた。

「俺のことは知ってるだろう」ララミーが彼女の手を握って言った。

またしても炎が全身を駆けめぐる。「ええ」ブリストルは慌てて手を引っこめた。「みなさんに会えてうれしいわ。みんなすてきなニックネームね」席についた五人に向かって言う。

ベインが笑った。「これはニックネームじゃない。軍のコードネームだ」

「あら、そうなの。どこの所属？」

「ネイビー・シールズだ」フリッパーが誇らしげな笑みを浮かべて言う。

無理もない。聞くところによると、海軍特殊部隊《ネイビー・シールズ》は、あらゆる敵の部隊に対するアメリカ政府の秘密兵器だという説もある。

五人の注文をシェフに伝えると、ブリストルは他のテーブルの接客を始めたが、そのあいだずっとララミーの熱い視線を感じていた。何度か様子をうかがったが、そのたびに彼はこちらを見つめていた。あからさまに。

仕事のあとで一緒に飲みに行く約束をしたのは軽率だったかもしれない。彼について知っているのは、ララミー・クーパーという名前であること、軍のコードネームが〝クープ〟であること、肉汁たっぷりのハンバーガーが好物であること、ネイビー・シールズの隊員であることくらいだ。

少しして料理を運ぶと、彼らがきれいにたいらげる様子を眺めた。五人は単に同じ部隊のメンバーというだけではないことが見てとれる。彼らは親密な友情で結ばれていた。互いに軽口をたたいている姿を見ればわかった。

食事を終えて会計をする際に、チップの額を見てブリストルは驚きを隠せなかった。普段の一週間分を優に超えている。「どうもありがとう」

「礼を言うのは俺たちだ」仲間とともに席を立ちながら、フリッパーが言った。「ブリストル、会えてよかったよ。料理もおいしかった」

他の面々も同様の言葉を口にして出口へ向かい、ララミーだけが残った。「仕事が終わるころに、また来る」

気が変わったと伝えるなら、いましかない。けれどもララミー・クーパーの何かが、そうすることをためらわせた。彼の笑顔か、一緒にいるときの炎に包まれるような感覚かもしれない。あるいは単に、たまには息抜きも必要だということか。

この四年間、芸術学校で懸命に努力を重ね、春には卒業する。クリスマス休暇中はカフェも営業せず、明日から十日間の休みだ。ブリストルとしては、仕事が終わったときにララミーがいても何の問題もなかった。近くのパブで飲むのもいいだろう。それに、今日が終われば二度と会うこともあるまい。

「待ってるわ」気がつくと、ブリストルはそう言っていた。

だが、待つ必要はなかった。ララミーは彼女の仕事が終わる三十分前に戻ってくると、待つあいだにクロワッサンとコーヒーを注文した。ブリストルはエプロンを掛け、皆にクリスマスの挨拶をしてから、彼の座っているテーブルへ向かった。ララミーは立ち上がると、彼女を見下ろしてほほ笑んだ。

「準備はできたか？」

「ええ」そう答えたものの、彼が何を考えているのか、そして自分は心の準備ができているのかどうかわからなかった。

驚いたことに、ララミーが彼女の手を取った。あたかも互いに感じている欲望を確かめようとするかのように。彼に連れられてドアを抜け、歩道へ出た。至るところにクリスマスの飾りが施されている。明日がクリスマスイブだとは信じられなかった。去年は親友のディオンヌを連れてアメリカに帰国したが、今年は戻る予定はない。年が明けて四日目に、叔母のドリーが眠るように息を引き取ったからだ。

もうこの世に肉親がいないと思うのは間違っているかもしれない。ふたりの異母弟と、父の結婚相手がいるのだから。だが、彼らにとって自分は邪魔者にすぎなかった。その証拠に、父が亡くなると、向こうからは電話も手紙もいっさい寄越《よこ》さず、もう我慢するつもりがないことをはっきりと示した。それでも構わなかった。ひとりでいることには慣れていた。それに、少なくともディオンヌと彼女の家族がいる。卒業後もアメリカには戻らず、このままパリで暮らすことも考えていた。

「どこのパブへ行く?」ブリストルは、手を握ったまま横を歩いている男性に尋ねた。

彼が笑みを浮かべる。「お勧めは?」

「〈チャーリーズ〉ね。あの角を曲がったところ」

それ以上は何も言わずに、ふたりはパブへ向かった。歩きながらクリスマスについて話す。ララミーによると、彼のチームは四日後に出発することになっており、短い休暇でパリへ来たという。

「みんな、すてきな人たちね」ブリストルは言った。

彼は足を止めずに笑顔を向けた。「あいつらも、きみのことを同じように言っていた」

その言葉にほほ笑みながら、ブリストルは彼の目に浮かんだ欲望には気づかないふりをしていた。このまま話していれば、消えてなくなるかのように。

「あなたたち五人は親密な間柄みたいね」

「ああ。言ってみれば兄弟のようなものだ。バイパーとフリッパーとベインと俺は海軍兵学校の同期で、すぐに親友になった。マックは四つ上で、俺たちよりも先に卒業した。シールズでの経験も長いから、俺たちの世話係を自任している」

パブに着くと、クリスマス休暇を早めに祝うことにした客たちで満席だった。

「いい考えがある」ララミーは言って、彼女の手を握りしめた。

「何かしら？」

「もっと静かなところへ行こう」

一抹の不安がよぎったものの、体の奥からこみ上げる興奮には勝てなかった。つないだままの手は温かく、心強さを感じる。

「きみには正直に話しておきたい」

ブリストルはごくりと唾をのんだ。「何を？」

「いつもならクリスマスはひとりで過ごす。だが、今年はきみと過ごしたい」

彼の目を見つめてから尋ねる。「あなたの仲間は？」

「彼らは家族に電話したりするだろう」

「あなたはしないの？」

ララミーは一瞬ためらってから口を開いた。「両親は元気で、俺はひとり息子だが、クリスマスを一緒に過ごしたことはない」

予想外の言葉だった。ブリストルにとって、クリスマスといえば孤独を案じる必要のない唯一の休暇だった。母は毎年、特別なひとときにしてくれたし、母の死後は叔母のドリーが一緒にいてくれた。一度だけだが、父とともにクリスマスを祝ったこともある。ふたりで過ごした最初で最後の休暇だ。今年は誰もそばにいない初めてのクリスマスになるはずだった。だから、ララミーが家族と過ごしたことがないと聞いて胸が締めつけられた。

彼のまなざしも口調も真剣だった。同情を引いて騙《だま》そうとしているのではない。真実を打ち明けているのだ。ブリストルはそのことを心で感じた。

「いい場所があるわ」彼女は提案した。

「どこだ？」

見ず知らずの相手を自宅に招くなど、常識では考えられない。それでもブリストルは誘ってみた。

「私の部屋。ここから遠くないの。じつは、私もたまたまひとりで休暇を過ごす予定だったから、誰かが来てくれるとうれしいわ」

彼の手に力がこもる。「本当か？」

本気なの？　こんなに大胆なことをするのは生まれて初めてだった。

だが、もう子どもではない。直感は疑いようがなかった。ふたりのあいだで欲望が火花を散らしている。気がつくと、いまにも爆発しそうな炎が燃え上がっていた。これまでに経験した数えるほどしかないデートでは、誘ってきた相手はいずれも彼女の気を引こうと必死だった。ララミーのように、彼女の関心を引き出した男性は初めてだ。それに、これほど信頼できる相手も初めてだった。いままで男性を自宅に招いたことはない。いま、そうしているのには理由があるはずだ。

「ええ、もちろん」ブリストルは答えた。

口元に浮かんだ笑みは、彼が喜んでいるしるしだった。「じゃあ、道案内を頼む」

その笑顔に一瞬、心臓が止まりかけたが、そのまま歩道を歩き出した。先ほどの言葉どおり、自宅まではそれほど遠くなく、ふたりはほどなく彼女のワンルームのアパートメントに着いた。「狭いけど」そう言いながら、ブリストルはドアを開けた。「私にはちょうどいい広さなの」

わきに寄ってラフミーを通したが、彼が中に入ると、自分にはちょうどいいはずの部屋がふいに狭く感じられた。

「すてきな部屋だ」ララミーはあたりを見まわして

言った。

さいわいにもブリストルは極度のきれい好きで、どこもきちんと片づいていた。「飲みたければ、ワインのボトルが向こうの棚にあるわ」言いながら、彼女はコートを脱いでクローゼットに掛けた。

「わかった」ラミーもジャンパーを脱ぐ。ブリストルはそれを受け取って、やはりクローゼットに掛けた。彼の引き締まった腹部や分厚い胸板には気づかないふりをした。ふたりのあいだに燃え上がる欲望も無視しようとした。だが、密室でふたりきりになったいま、炎はますます激しく燃え盛っている。

「仲間に居場所を知らせなくてもいいの？　あなたがホテルに戻らなかったら心配しない？」ブリストルは尋ねた。

ララミーは首を振ると、棚からワインのボトルとグラスを取り出した。「言わなくてもわかるだろう」

「それならいいけど」彼がワインをグラスに注ぐあいだに、ブリストルはテーブルについた。

やがてララミーもやってきた。「シャンパンではないが、ひとまず乾杯しよう」

「何に？」

「人生で最高になるであろうクリスマスに」

ブリストルも、自分にとって最高のクリスマスになるにちがいないとひそかに思っていた。ふたりはグラスを合わせ、ワインに口をつけた。グラスの縁越しに目が合った瞬間、彼女は体の芯に強烈な欲望がよみがえるのを感じた。熱く射抜くようなララミーの視線から、彼も同じく情炎に包まれていることがわかった。

ブリストルがグラスを置くと同時に彼も置く。ララミーが立ち上がって手を差し出した。彼女がみずからたくましい腕に飛びこむと、彼は頭を下げて口をとらえた。互いの唇が触れ合うなり、ブリストルは激しい欲望の波にのみこまれた。

煽《あお》るような舌使いに、彼を求めて全身が打ち震える。これほど巧みなキスは初めてだった。

彼は舌をさらに奥まですべりこませ、いまやふたりの口はひとつになっていた。ブリストルは喉の奥からこみ上げるうめき声を抑えきれなかった。体じゅうに広がる興奮も。これまでに経験したキスとは比べものにならなかった。こんなにも貪欲で、圧倒的な力を秘めたキスは想像したこともなかった。

やがてララミーがキスを終え、わずかに顔を離して彼女を見つめた。そして口元にセクシーな笑みを浮かべ、腕に力をこめて彼女を抱き寄せる。「きみを見た瞬間からキスをしたかった。きみはどんな味がするのか、知りたかったんだ」

ブリストルは驚いた。男性とこうしたきわどい会話をすることには慣れていない。「だから、いまみたいなキスをしたの?」

「それもある」

「他には?」

「ただきみの口の舌触りを楽しみたかった」

そう言うと、先ほどのキスでは味わい尽くせなかったというように、ララミーは顔を近づけ、またしても彼女の口をとらえた。ブリストルは苦しげなうめき声とともに唇を開き、求められるまま彼を迎え入れた。ララミーの舌がすべりこんできて、何度となく彼女の舌と絡み合う。

ようやく口が離れると、ブリストルは顔を上げ、ぼんやりとした目で彼を見つめた。「何をしてるの?」息も絶え絶えに尋ねる。キスだけでこれほど動揺したことはなかった。

「クリスマスのお祝いの始まりだよ」

その言葉とともに血が血管を駆けめぐるのを感じた。予想以上に早い展開だった。今日は一緒にワインを飲み、明日はランチをともにできればいいくらいに考えていたのだ。ところが彼の頭の中には別のプランがあり、いま、自分はそのプランに流されようとしている。ブリストルにはどうすることもできなかった。彼のキスだけで、身も心も熱い興奮に満ちている。彼を求めずにいられないことはわかっていた。彼がまたしてもキスを始め、力強い腕に抱き上げられるのを感じたときに、運命は決まった。ララミーにどこかへ運ばれようとしている。それがどこかわかったのは、ベッドに横たえられたときだった。続けて驚くようなことが起こった。素肌を触れ合わせることが最も重要だというように、ララミーは目にも留まらぬ早わざで互いの服を剥《は》ぎ取った。彼女の一糸まとわぬ姿を見ることが不可欠であるかのように。

ある意味では理解できた。目の前に全裸で立つ彼を見て、ブリストル自身、冷静ではいられなかったからだ。驚くほどたくましく男らしい姿を見せつけられ、体の奥底で抑えがたい衝動が脈打っていた。

これほど誰かと愛を交わしたいと望んだことはなかった。欲望にのみこまれる感覚は初めてだった。

そしてララミーの激しい情熱のあかしは、彼もこちらを求めている証明にほかならない。彼の愛欲は間違えようがなかった。

彼が避妊具をつけてベッドに戻ってきた。ブリストルは腕を伸ばすと、引き締まった彫刻のような腹部や胸に手をすべらせ、素肌の感触を味わった。彼に触れるたびに、体の内側が熱くなっていく。

「きみが先に触れてくれ」ララミーは喉の奥で低くうめきながら、彼女の耳にあごをこすりつけた。彼はブリストルの愛撫《あいぶ》に驚くほど反応している。

「あなたに触れてほしいわ、ララミー」

そんな言葉を口にするなんて自分でも信じられなかった。けれども、ララミー・クーパーについては理解できないことだらけだ。どうして彼を前にすると常識を失ってしまうのかしら。なぜ神経がざわめき、頭が真っ白になるの？　どうしていままではなくても平気だったものが欲しくなるの？　これほど狂おしく彼を求めてしまうのはなぜ？

ララミーに伝えておきたいことがあった。どうしても理解してほしい。気がつくとブリストルは打ち明けていた。「男の人をこの部屋に連れてきたのは初めてなの」

彼の突き刺さるような視線を全身に感じた。

「何ごとにも最初はある。そう思わないか？」ララミーは答え、ゆっくりとベッドに近づいた。

彼が一歩進むたびに、下腹部が締めつけられるのを感じた。射抜くような黒い目で見つめられ、その張りつめたまなざしに体が熱を帯びる。いままで行きずりの関係を持ったことなどなかった。自分には無縁の話だと思っていた。それなのにいま、求めているのはこの男性だけだった。理性も感覚もめちゃくちゃにするこの男性だけ。

けれども、もうひとつ伝えておかなければならないことがあった。言うならいまだ。「ララミー？」

「何だ？」

「私、避妊はいっさいしていないの」

ところがララミーは、その言葉にもひるむ気配はなく、まっすぐ近づいてくる。「避妊具なら持っている。じゅうぶん。十個以上はある。足りなければ調達すればいい」

足りなければ？　本気で十個以上も使うつもり？　どれだけスタミナがあるのかと考えると、驚くほどの速さで胸が高鳴りはじめた。耐えられるかしら？　その答えは、もうすぐわかるだろう。

ララミーが覆いかぶさってきて、体を隈《くま》なく撫でまわしながら、またしてもキスを始めた。めくるめくような興奮が頭をもたげ、血管が激しく脈打ち出す。ブリストルはたくましい背中に両腕を回し、男らしい筋肉の感触を楽しんだ。

「きみを味わいたくてたまらない」そうささやくなり、ララミーは体を動かし、彼女の脚のあいだに頭を埋《うず》めた。

差し入れられた熱い舌が撫でるように動くのを感じ、ブリストルは彼の肩にしがみついた。思うぞんぶん味わい尽くそうという確固たる決意が伝わってくる。いままで経験したことのない快感が駆けめぐり、無意識のうちに、彼女は信じられないほどみだらな動きで腰を彼の口に押し当てていた。

ララミーは秘められた女性の芯を貪欲に愛撫し、彼女に自分の名を幾度となくささやかせた。ふいにしなやかな体が火山のように爆発し、ブリストルは彼によってもたらされた快楽に屈した。

痙攣《けいれん》が完全に収まらないうちに、ララミーが覆いかぶさったまま体の位置をずらした。かと思うと、彼が押しこむように中に入ってくるのを感じた。ブリストルは彼の香り――ふたりの香り――を吸いこむと、肌の感触を確かめるようにたくましい肩に舌を這《は》わせた。

ララミーはできるかぎり奥まで入ると、互いの脚を絡ませ、腰を動かしはじめた。やがてそのリズムが彼女の全身に官能のさざ波を広げた。

ララミーは彼女の目をじっと見つめながら愛を交わした。ブリストルは彼にしがみつき、命綱のごとく肩を握りしめた。ゆっくりとした、奥まで届く、力強い動きに、神経という神経がこれ以上ないほど研ぎ澄まされ、彼女は我を忘れた。

ララミーは頭をのけぞらせ、低い声で彼女の名を呼びつつ、同時に甘い言葉をささやいて愛の営みを続けた。互いにつながっている部分の肌が焼け焦げ、彼が中に入るたび、疼《うず》くような欲望に刺激されてますます体が目覚めていく。

やがてララミーがふたたび彼女の名を呼び、ふたりは同時に絶頂に達した。彼はブリストルを包みこむように抱いて頬に触れ、ともに押し寄せる悦《よろこ》びの高波に身をゆだねた。

翌朝、目を覚ましたときに男性がベッドにいるのは不思議な感じだった。結局、ほとんど夜通し愛し合った。朝八時ごろになっていったん起き出して、彼女が前日に作ったスープとフランスパンを食べた。それからベッドに戻り、またしても愛を交わした。夜が明けるまで。

ふたりとも自分のことはいっさい話さなかった。その必要はなかった。これから三日間は一度きりの時間だと、ブリストルにはわかっていた。おそらくもう二度と会うことはないだろう。だから、いまこの瞬間を心ゆくまで堪能したかった。

「起きてるか？」

ララミーを見ると、黒い目の奥に欲望がきらめいていた。「ええ」

「よし」彼はベッドから出て避妊具をつけると、すぐに戻ってきた。

「先に朝食をとりたいって言ったら？」ブリストルはにやりとして尋ねた。

ララミーもにやりとする。「本当にそうしたいのか？」

彼女は首を振った。「いいえ、あなたが欲しいわ、ララミー」

嘘《うそ》ではなかった。だから、これはただのセックスで、それ以上の意味はないと自分に言い聞かせる必要があった。クリスマスが終わって彼がここを出ていけば、二度と戻ってこないだろう。連絡をとり合うとも思えない。残るのは思い出だけ。それでも、ふたりで過ごした時間を一瞬たりとも後悔することはないだろう。

クリスマスの朝、ひとしきり体を重ねたあと、ふたりは服を着て朝食を食べに出かけた。驚いたことに、ララミーはクリスマスツリーを買おうと提案した。ツリーを買えばオーナメントも必要になる。彼はブリストルにいっさい金を払わせようとしなかった。そして、ふたりで子どもみたいに走って家に帰り、ツリーを飾った。ふたりだけのツリーだ。

クリスマスのあいだは、ほとんどのレストランが閉まっているので、ブリストルは自分でディナーを用意することにした。そのためには買い出しが必要だったが、彼女はひとりで行きたいと言った。先ほどの買い物から、彼が支払いをすると言い張るのはわかっていたからだ。クリスマスのディナーくらいはごちそうしたかった。

ブリストルがアパートメントに戻ると、ララミーが待っていた。ドアを開けて彼の姿を目にした瞬間、欲望の炎がふたりを包みこんだ。彼女が食料品の入った袋を置かないうちに、ララミーは彼女の服を剥ぎ取り、冷蔵庫に押しつけて愛し合った。

彼は美しいスカーフとイヤリングをプレゼントしてブリストルを驚かせた。その心遣いに彼女は胸を打たれた。食材を調達しているあいだに買いに行ったにちがいない。

ブリストルもプレゼントを用意していた。彼の手袋が擦り切れているのを見て、新しい手袋を贈った。彼はディナーを喜んでいたが、クリスマスの夜のほとんどは食事よりもベッドで過ごした。

クリスマスの翌朝、彼女が目を覚ますと、ララミーは服を着て、出かける準備が整っていた。彼女の人生から姿を消す準備が。それほどつらいとは思っていなかったが、実際にはつらかった。彼に心を奪われてしまったことに気づいた。セックスではなく、ララミー・クーパーという男性に。

ララミーは濃厚なキスをすると、画家になる夢が実現するよう祈っていると伝え、おかげで人生で最高のクリスマスになったと感謝した。そして彼女に背を向け、ドアから出ていった……一度も振り返らずに。

ブリストルは慌てて起き上がり、窓際に立って彼を見送った。外ではタクシーが待っていた。ララミーは彼女が窓のところに来るとわかっていたかのように、タクシーに乗りこむ前に肩越しに振り返り、彼女の姿を見つけると、投げキッスをして手を振った。

ブリストルも投げキッスを返し、手を振り返した。そしてタクシーが走り去った瞬間、ララミー・クーパーが自分の心の一部を持っていったことに気づいた。

3

現在　ニューヨーク

「おまえたちがおもしろがってくれてうれしいよ」ホテルの部屋を歩きまわって着替えながら、ララミーは言った。携帯電話をスピーカーフォンに切り替えて、仲間たちと五人でグループ通話の最中だった。

「おい、クープ、これがおもしろくないわけないだろう」ベイン・ウェストモーランドが言った。「安全保障理事会のメンバーに極秘文書を届けるつもりが、じつはペットのオカメインコだとわかったときのおまえの顔が目に浮かぶよ」

ララミーはTシャツを頭からかぶり、思わず苦笑いを浮かべた。「いや、想像もつくまい」

「いいように考えろよ」デイビッド・ホロウェイが言う。「ニューヨークにただで行けたんだ」

「勘弁してくれ、フリッパー。こっちは凍えそうなほど寒い。カリフォルニアが恋しいよ」

「泣き言はよせ、クープ」ギャビン・ブレイクが笑いながら言った。

「慰めてくれよ、バイパー」そう言ってから、ララミーはふと気づいた。「マック、聞こえてるか？　妙に静かだが」

「ああ、聞いてる」サーストン・マクロイは答えた。「試合を見ながら耳を傾けているんだ。今日は〝サーズデー・ナイト・フットボール〟の日だぞ」

それを機に、スーパーボウルに出場するチームの予想の話になった。電話が終わるころには、ララミーはすっかり着替えて、出かける準備ができていた。

だが、どこへ行こう？　肉汁たっぷりのハンバーガーに目がない彼は、〈ザビエルズ〉で軽く食事をとることにした。フリッパーが勧めてくれた店で、行って損はないとのことだった。

店に入ると、席に案内された。店内は混んでいて、十五分待たされても彼は気にしなかった。タイムズスクエアを訪れるのは初めてではなかったが、前回とはすっかり変わっていることに気づいた。

「今夜は何がお望み？」

ララミーはウェイトレスを見上げた。鈍感ではない彼は、その問いの裏の意味をすぐに察した。「メニューを持ってきてくれないか」彼女に気を持たせないように、はっきりと告げる。

「すぐに持ってくるわ……ほかにも欲しいものがあれば」ウェイトレスは笑みを浮かべた。

彼も笑顔で応じる。「ありがとう。とりあえずメニューとビールを頼む」

「お礼はあとでいいわ」そう言うと、彼女は腰を振るように立ち去った。

なぜ、あのヒップと魅力的な長い脚をみすみす逃すのか？　言い訳をするとしたら、この店が、どこかパリのあのカフェを思い出させるということだった。ブリストルが働いていた店を。

ブリストル。

最近は、気がつくと彼女のことを考えている。出会ったのがちょうどいまごろ――三年前のクリスマス休暇だったからかもしれない。いずれにしても、ブリストル・ロケットのことが頭から離れなかった。

シリアで救出されたあと、最初に向かった場所のひとつがパリだった。二度と会うつもりのなかった女性に会うために。どういうわけか、彼女を捜さずにはいられなかった。ところが、彼女の住んでいたアパートメントの管理人から二年前にアメリカへ帰国したと聞かされた。郵便物の転送先の住所も残されていなかった。

一時間ほどして、ララミーはすっかり満足してレストランをあとにした。ホテルまで戻るのにタクシーを拾わず、食べたばかりのハンバーガーとフライドポテトを消化するため歩くことにした。先ほどは凍えそうなほど寒いと言ったが、実際はそれほどひどくなかった。もっと過酷な状況を経験したこともあった。彼のチームが北極圏で任務を遂行したときのように。

通りを渡ろうとしたとき、前方の文字が目に留まって思わず足を止めた。それは画廊に貼り出されたポスターだった。

〈ブリストルによる特別展開催〉

ブリストル……。

ララミーはかぶりを振った。どうかしている。ブリストルというのは、ありふれた名前ではないと思っていたが、そうではなかったのか？

だが、もしそうだとしたら？　これは俺のブリストルなのか？

彼はブリストルが自分のものだという考えを振り払った。彼女は、任務の前にパリで羽を伸ばしていたときに、三日間の情事を楽しんだ女性にすぎない。三年間、忘れることのできなかった女性というだけだ。

珍しい名前だ。出会ったときに彼女にそう言った。それに画家でもある。いくつか作品を見せてもらった。

とはいうものの、彼女がここにいるはずはない。

だが、いてもおかしくないのではないか。彼女はニューヨークの出身だ。

あのポスターのブリストルが、パリのブリストルと同一人物だとしたら？

そう考えて、鼓動が速くなった。着飾った人々がリムジンや自家用車から降りて画廊へ入っていく。ララミーは自分の服装を見た。ジーンズ、プルオーバーシャツ、革ジャン。ステットソン帽にブーツ。画廊に集う上流階級の人々の中では明らかに浮くだろう。だが、そんなことはどうでもよかった。

このブリストルが、忘れることのできない女性かどうかを確かめなければならない。


「ワインのお代わりは、ブリストル？」

彼女はスティーブン・カルペッパーを見て、作り笑いを浮かべた。「いいえ、けっこうよ」

彼はうなずくと、彼女の背後に目を向けて言った。「ちょっと失礼するよ。クライアントが到着した」

「どうぞ」

相手が立ち去ると、ブリストルは大きくため息をついた。カップルでもないのに、どうして彼はつきまとうのかしら？

彼女は周囲を見まわした。ありがたいことに、会場は大勢の人であふれている。すでに多くの絵が売れていた。

「今夜はスティーブンがつきっきりね」

ブリストルはマージーを見た。「困ってるの。そばを離れようとしないんだもの」

マージーが眉を上げる。「それほど困っているようには見えないけど？」

ブリストルは肩をすくめた。「勘違いしてほしくないだけ」

「そうね」

マージーはうなずいたが、彼女がスティーブンとの仲を取り持とうとしているのは明らかだった。

「今夜ここにいるのは、ほとんどが彼の招待客よ。財力のある人ばかり。あなたもわかってるでしょう？」そう言って、マージーはその場を立ち去った。

正直なところ、マージーに言われなくてもよくわかっていた。これだけの客が集まったのは自分の力だと、スティーブン本人が先ほどから何度も自慢げに口にしている。あたかもブリストルが誰ひとり呼んでいないと言わんばかりに。そのとおりかもしれないが、ことあるごとに言われるのには閉口した。

「やあ、ブリストル」

振り向くと、年配の紳士が立っていた。見覚えのある顔をすばやく観察して、思い当たった。「ミスター・コリン・クサックですね、父の親友の」

紳士はにっこりした。「いかにも。葬儀と遺言書の開封以来だな」

父はコリンを遺言執行人に指名したが、あの日のことはできれば思い出したくなかった。ランダルが娘にかなりの財産を遺《のこ》したことがわかると、クリスタはブリストルを非難した。金目当てで父親を捜し出したと思いこんでいたのだ。

父の話では、コリンとは高校の同級生で生涯の親友だったそうだ。そして生前、困ったことがあればコリンに連絡するよう言い残していた。だが、とくに困ったことはなく、連絡する機会もなかった。

「お元気でしたか？」ブリストルは尋ねた。

「もちろんだ。きみは？　子どもが生まれたそうじゃないか」

どうして知っているのかしら。ブリストルは、自分がランダル・ロケットの娘であることは公表せずに静かな生活を送っていた。とはいうものの、父の願いによって姓は変えた。十六歳でブリストル・ワシントンからブリストル・ロケットとなり、慣れるまではかなり苦労した。

父の姓となっても、自身のキャリアのためにその名をひけらかすことはなかった。それに、父は〝ランド〟という筆名を用いていたため、画壇でふたりの関係を知る者もほとんどいなかった。それでも、彼女の画風が著名な画家であるランドと似ていることは以前から指摘されていた。マージーは彼女の父親の素性に気づいていたが、ブリストルは口外しないよう釘《くぎ》を刺した。親の七光りではなく、自分の力でやっていきたかったのだ。

そして、いまはブリストル・クーパーとなった……。

「そうなんです。とてもかわいい息子で、二歳になります。ファーストネームは父親の名をとってララミー、ミドルネームは私の父にちなんでランダル。ふたりのすばらしい男性の名前をもらいました」

「ランダルも、さぞ喜んだにちがいない。初孫は目に入れても痛くなかっただろう」コリンはしばらく口をつぐんでから、つけ加えた。「いまでも親友のことをよく思い出す。ランダルはすばらしい才能を持った画家だった。それはきみも同じだ」

「ありがとうございます」

「向こうに展示されている美しい風景画を購入した

いと思っている。もしよかったら、どうやってインスピレーションを得たのか、詳しく教えてほしい」

どの絵のことか、ブリストルにはすぐにわかった。父の死後、最初に描いた作品で、積もり積もった感情を注ぎこんだものだった。「もちろんです」

彼女はコリンとともに、壁に掛けられた大きな絵のもとへ向かった。


「何かご用ですか？」

画廊に足を踏み入れるなり声をかけられても、ララミーは驚かなかった。周囲を見れば、自分が明らかに場違いだということがわかる。知りたいことさえ教えてもらえれば、さっさと立ち去るつもりだった。「ポスターにあるブリストルという画家だが、姓は？」この場所の責任者らしい年配の男性が怪訝《けげん》な顔をしたので、ララミーはつけ加えた。「以前、同じ名前の知り合いがいたので」

男性は納得してうなずいた。「そうですか。彼女は――」

「この紳士には、僕が対処しよう、ジャズリン」背後から高圧的な声が聞こえた。

ララミーは振り向かなかった。声の主はすぐに自分から名乗るにちがいない。それに、〝紳士〟という言葉をあえて強調したのも気に入らなかった。ララミーを紳士と見なしていないのが見え見えだ。

「承知しました、ミスター・カルペッパー」そう言って、年配の男性は立ち去った。

声の主がララミーの前に回り、すばやく彼を品定めした。ララミーは何とも思わなかった。彼も相手を品定めしていたからだ。男の目が傲慢な光を放つ。デザイナーズスーツを着ているという理由だけで、こちらを見下しているようだった。

「ご用件は、ミスター……？」

きちんとした自己紹介を知らないらしい。問いかけるのは失礼だ。ララミーは相手が名乗らないかぎり、自分も名乗るつもりはなかった。それに、名前は自分の知りたいことには関係ない。「さっきの男性にも言ったが――邪魔が入る前に――以前、ブリストルという名の知り合いがいたから、この画家の姓が知りたかっただけだ」

男は笑みを浮かべたが、目は笑っていなかった。この男は誰なんだ？　画家の名前を尋ねたらいけないというのか？

「同一人物のはずがない」

なぜわかる、と詰め寄りたかったが、こう言うに留《とど》めた。「それは俺が判断する」

だが、その答えが相手の気に障ったようだ。男の目が苛立《いらだ》ちで陰る。こうした状況には慣れていないにちがいない。「それには及ばない。だいたい、ブリストルがきみを知っているはずがない」

ようやくわかってきた。この男は牽制《けんせい》しているのだ。どうやら画家とは特別な関係にあるようだ。

「自信満々の口ぶりだな、ミスター……」

男はにやりとした。「カルペッパー。スティーブン・カルペッパーだ。僕が断言できるのは、ブリストルをよく知っているからだ。彼女とは親しい」

「そのようだな。で、彼女の姓は何ていう？」ララミーはステットソン帽を上げ、相手を見下ろした。なぜ素直に答えないのか、理解に苦しんだ。

「きみが捜している女性の名前は？　言っておくが、きみは注目を集めているぞ」

それがどうしたというのか。ララミーは深く息を吸いこんだ。いつまでも続くやりとりにうんざりしていた。おそらくこの男の言うとおり、人違いだろう。だが、その傲慢な態度がララミーの神経を逆撫《さかな》でした。「ロケットだ。ブリストル・ロケット」

男はにやりとした。「ロケット？　やはり思ったとおりだ。彼女の名は〝ロケット〟ではない」

「だったら何だ？」

同じく会話に疲れたのか、男は答えた。「クーパーだ。ブリストル・クーパー」

ララミーは眉をひそめた。偶然にも自分と同じ姓だ。とはいうものの、〝クーパー〟などありふれている。「あんたの言うとおり、人違いだったようだ。時間をとらせてすまなかった」

「構わない。外まで送ろう」

「いや、ひとりで大丈夫だ」ドアへ向かいかけたララミーの耳に、ふいに飛びこんできた。あの笑い声。

あんなふうに笑うのは、ただひとりの女性しかいない。思わず振り向いて、会場を見まわす。だが、彼女の姿は見当たらなかった。空耳だったのか？

「まだ何か？」カルペッパーが戻ってきた。

ララミーは彼を見た。「わからない。だが、その画家に会ってみたい。ブリストル・クーパーに」

「それは無理だ」

自分に無理なことはないと言い返そうとしたとき、またしてもあの声が聞こえた。ララミーは目を細めて会場を見まわした。笑い声は別の部屋から聞こえてきた。二度も聞いたのなら空耳ではないはずだ。

彼は周囲の視線も気にせずに、声の聞こえたほうへ向かった。

「待て！　すぐに出ていくんだ」

それでもララミーが奥へ進むと、カルペッパーが叫ぶのが聞こえた。

「ジャズリン、警備員を呼んでくれ」

警備員でも何でも呼べばいい。この目で確かめるまでは帰るものか……。

隣の部屋に足を踏み入れた瞬間、彼女を見つけた。

こちらに背を向けて、風景画の前で年配の紳士と並んで立っている。顔を見なくても、その女性があのブリストルだとわかった。

一緒にいたのはわずか三日間だが、あの体は見間違えようがない……

違えようがなかった。たとえいまは美しいドレスに包まれていても。以前よりも多少肉づきがよくなっているが、それを除けば、まさしくブリストル・ロケットだった。何よりも、あの形のよい背中は。

あの背中の感触、そして腿の内側のやわらかさを思い出し、たちまち下腹部が締めつけられる。

「ブリストル？」

名前が呼ばれるのは聞こえたはずだが、振り返るのをためらっている様子だった。そして、ゆっくりと振り向くと、その顔はまるで……幽霊でも見ているかのようだった。

彼女は一歩前に出て、彼の名をささやいた。かと思うと、その場に崩れ落ちた。

4

ララミーは彼女が床に倒れる直前につかんで抱き上げた。周囲の視線が向けられ、何ごとかと近づいてくる者もいた。

「彼女を下ろせ！」

カルペッパーの声が聞こえた。振り向くと、カルペッパーのわきに数名の警備員と画廊のオーナーが立っていた。そのとき、ひとりの女性が人々をかき分けて進み出た。「どうしたの？」

見ればわかると思いつつも、ララミーは答えた。「気絶したんだ」

「気絶？　どういうこと？　なぜ？」尋ねてから、女性は目を細めて彼を見た。「あなたは？」

「ララミー・クーパーだ」

「ララミー・クーパー？」女性は息をのんだ。

自分の名前を聞いて、なぜこれほど驚かれるのか不思議だった。「そうだ。だが、とりあえずブリストルをどこかに寝かせないと。それから、濡《ぬ》らしたタオルを持ってきてくれ」

「待て」カルペッパーが口をはさむ。「この男は無断で立ち入ったんだ。いったい誰なんだ？」

「彼女の夫よ」女性がカルペッパーに耳打ちするのが聞こえた。

なぜそんな突拍子もないことを言うのか、ララミーには見当もつかなかった。俺は誰の夫でもない。そう思ってから、先ほどカルペッパーから聞いたことを思い出した。ブリストルの姓はクーパーだった。ますます訳がわからない。混乱は彼の得意とするところではなかった。

するとブリストルが一緒にいた老紳士が口を開いた。「誰か、この男性が言うとおり、濡らしたタオルを持ってきてくれないか？　ジャズリン、きみのオフィスはどこだ？」

「こちらです、ミスター・クサック」

「クサック？」

あたかも特別な意味があるかのように、その名をささやく声が周囲に広がったが、ララミーは気に留めなかった。ところが、前を歩いていた女性も足を止め、驚いて紳士を見た。クサックというのは何者なんだ？　有名人か何かか？

ララミーはブリストルを抱いたまま、早足で画廊の奥へと向かった。かつて彼女をキッチンからベッドへ運んだときの記憶がよみがえる。

画廊のオーナーのオフィスに入ると、彼はブリストルをソファに寝かせた。クサックと呼ばれた紳士がドアを閉め、三人と女性以外を締め出した。女性が自分とクサックのどちらに注意を向けているのか、ララミーには判断がつきかねた。ノックが聞こえ、クサックがドアを開ける。濡らしたタオルを受け取ったクサックは、ララミーに差し出した。

「彼女は大丈夫なの？」女性が心配そうに尋ねた。

「ああ」答えながら、ララミーはブリストルの顔をタオルで拭きはじめた。

「それはそうと、ミスター・クサック、わたくしはブリストルのマネージャーのマージー・タウンゼントと申します。今夜はお越しくださったうえに、手をお貸しくださりありがとうございます。ブリストルとはお知り合いのようですね」

「いかにも。私は彼女の父親の親友だった」

「そうだったんですか」そう言いながら女性が近づいてくるのを、ララミーは視界の端でとらえた。

「それで、あなたは本当にララミー・クーパーなの？」女性が尋ねる。

彼はブリストルから目を離さずに顔を拭いていた。

記憶にあるよりも美しかった。チョコレート色の肌はなめらかでやわらかい。唇の形もあいかわらず魅力的で、非の打ちどころのないカーブを描いている。この唇にキスしたときのことを思い出した。舌でやさしくなぞったことを。

ブリストルはあのときより三歳年をとって二十五歳のはずだ。だが、そうは見えない。まったく変わっていないようだった。これほど美しい女性にはいまだに出会ったことがなかった。

ララミーはブリストルのマネージャーと名乗った女性に顔を向け、先ほどの奇妙な質問に答えた。

「ああ、俺はララミー・クーパーだ」

「でも……あなたは亡くなったはずでは？」

ララミーは眉をひそめた。ブリストルから聞いたにちがいない。だとしても、ブリストルはどうやって知ったのか？

詳しいことはブリストルが目覚めたら確かめると

して、彼は説明した。「捕虜になって、死亡したと見なされていたんだ」

「それで、いまになって姿を現すことにしたの？」女性は語気を強めた。「何てすばらしい夫かしら」

どういう意味か尋ねようとしたとき、ブリストルが声を漏らした。ララミーの名を口にしたかと思うと、瞬《まばた》きをして目を開けた。

そして彼を見上げた。おそるおそる手を伸ばし、幻ではないことを確かめるかのように彼の顔に触れる。ブリストルは涙をこぼしながらつぶやいた。

「生きていたのね」

ララミーはうなずいた。「ああ」

「だけど、死んだって聞いたわ」

彼はふたたびうなずいた。「しばらくそう思われていた。救出されるまでは」

「救出？」

「そうだ。一年近くかかった」


目の表情から、ブリストルがうろたえているのがわかった。〝クーパー〟姓を用いて結婚していると偽っていたせいだろう。

「ふたりだけで話がしたいの、ララミー」彼女はささやき声で言った。

そのとおりだ。話をする必要がある。ララミーはうなずくと、部屋にいる他のふたりをちらりと見た。彼が口を開く前にクサックが言う。「聞こえたよ」そしてドアを開け、躊躇《ちゅうちょ》するマージー・タウンゼントを促した。「ふたりきりにしてやろう」

ドアが閉まると、ラミーはブリストルを抱えて起こした。彼女は大きく息を吸いこんでラミーを見つめた。「生きていたなんて、信じられない」

彼は何も言わなかった。これまでに聞いた情報を整理しようとしたが、まるで理解できない。やはり尋ねないとだめだ。「俺が死んだと、どこで聞いたんだ？」ソファの彼女の横に腰を下ろす。

ブリストルは落ち着かない様子で唇を舐《な》めた。

「あなたを捜そうとしたの。手紙を送ったわ。海軍宛てに。だけど戻ってきた。そうしたら、友人の知り合いがアメリカの国務省で働いていて、調べてくれたの。それで死んだと言われたのよ」

「いつのことだ？」

「あなたがいなくなってから数カ月後に」

ララミーはうなずいた。「俺は死亡したと見られていたから、間違ってはいない。救出されたのは、その翌年のクリスマス前だった」

「そんなに長く……」

「ああ」その後、何カ月ものあいだ悪夢にうなされたことは、ごく親しい友人しか知らない。いまでも悪夢がよみがえることがある。敵からさんざん痛めつけられ、かろうじて耐え抜いた。だが、その恐ろしい体験は消えない爪痕を残した。

「なぜ俺を捜そうとしたんだ？」

ブリストルは深く息を吸いこんだ。まさかララミーが生きているとは思わなかった。まさか今晩、ここに現れるとは。私の居場所を知っていたの？　私を捜していたの？

彼の顔を見つめた。覚えているよりもハンサムだった。わずかに年をとり、以前には見られなかった険しさがしわとなって刻まれている。とはいえ、そのせいで彼の魅力が損なわれることはなく、むしろ顔立ちは深みを増していた。彼の目は、想像もつかないような経験を映し出している。

その経験によって彼が変わったとしても構わない。それでも、私の子どものことを知る権利がある。彼の子ども。ふたりの子どものことを。

もう一度深く息を吸いこむと、ブリストルは彼の目を見て言った。「あなたに連絡をとろうとしたのは、妊娠したことを知らせたかったからよ」

5

ララミーは凍りついてブリストルを見つめた。いまの言葉ははっきりと聞こえたが、確かめる必要がある。「妊娠した？」

「ええ」穏やかな口調だった。「息子の父親があなたかどうか確認したければ、DNA鑑定を依頼しても構わないわ」

息子だと？

ショックを受けたのも束《つか》の間《ま》、疑念がこみ上げる。

「なぜだ？」

ブリストルは眉を吊《つ》り上げ、彼自身と同じく、ばかげた問いだと思っていることを隠さなかったが、それでも答えた。「丸三日間、ほとんどぶっ続けでセックスをしたからじゃないかしら」

まったくそのとおりだった。毎回、避妊具は使ったものの、予期せぬ事態となる恐れがつねにあることはわかっていた。「それで、その子はどこにいるんだ？」自分に息子がいるという事実を理解しようと努めながら尋ねる。

「家よ」

家というのはどこなのか？

自分の子どもを産んだ女性についてほとんど何も知らないという事実に、ララミーは頭を抱えた。だが、少なくとも彼女は自分に知らせようとしたのだ。世の中にはそうしない女性もいる。

あのクリスマス休暇の十カ月後に生まれたのであれば、十月で二歳になったはずだ。彼はあの十月を思い返した。捕虜になっているあいだは時間の感覚を失いがちだったが、日の出を数えることで、どうにか日付を把握していた。閉じこめられた部屋に、運よく小さな窓があったのだ。

自分の命を敵にもてあそばれているあいだに、世界のどこかでブリストルが新たな命を育《はぐく》んでいたとは知るよしもなかった。

自分の子どもを。

「ララミー、あなた、結婚してるの？」

ふいに尋ねられて、彼は眉をひそめた。結婚など、一瞬たりとも考えたことはなかった。「いや、あいかわらず独身だ」

ブリストルはうなずいてから言った。「あなたには何も求めたりしないから、心配しないで。ただ、子どものことを知る権利があると思っただけ」

相反する感情がぶつかり合うなか、ララミーは彼女を見つめた。何も求めない？　子どもの父親であるという大胆な宣言が何もかもを要求することに、気づいていないのか？

「息子に会わせてくれないか」

「もちろん。ララミーとあなたを引き合わせないつもりはないわ」

「ララミーと名づけたのか？」さらなる驚きが走る。彼女の息子、ふたりの息子は、俺と同じ名前なのか？

ブリストルはためらった。自分の答えがどう受け止められるか不安に思っているようだ。「ええ、ファーストネームがララミーで、ミドルネームはランダル、私の父の名前よ。あなたが死亡したと思っていたから、名前を残したくて。それでララミー・ランダル・クーパーと名づけたの」

たっぷり一分間は押し黙ってから、彼は尋ねた。「だったら、きみも俺の姓を名乗っているのはどういうことなんだ？」

どうしたらいいの？　よりによって今夜、何もかもが一度に起きるなんて。家を出たときは、画廊での個展に胸をふくらませていた。まさか、かつて関係を持った男性――それも息子の父親――が生き返るとは思ってもいなかった。

そのうえ彼は答えを知りたがっている。

もちろんララミーには知らせるべきだ。けれども、これ以上説明するための心の準備はできていなかった。いまはただ、家に帰って息子を抱きしめたかった。息子には明日話そう。天使になったはずのお父さんが人間に戻った、と。

今日はもう何も話せそうにない、と言いかけたとき、ドアをノックする音が聞こえた。「俺が出よう」そう言ってララミーが立ち上がる。

あいかわらず見とれるような歩き方だった。ぴんと伸びた背筋、これまでに見たどの男性よりも形のよいヒップから正確に前へ出される脚。

ララミーがドアを開けると、彼の向こう側からマージーの声だけが聞こえた。「ブリストルはどう？」

「私は大丈夫よ」ブリストルが答えると、ララミーはマージーが自分の目で確かめられるようにわきへ寄った。

「必要なものはない？」

「ええ、すぐに戻るわ」

「急がなくても大丈夫。もうほとんどの人が帰ったから。だけどすごいわ。絵は完売だし、今夜は大成功よ。それだけにスティーブンが心配してる」

スティーブンの名にララミーが身をこわばらせるのを見て、ブリストルは訝《いぶか》しく思った。なおも驚いたことに、彼が口を開いた。「彼女は何の心配もないとカルペッパーに伝えてくれ。悪いが、ブリストルと俺の話はまだ終わっていない」そう言って、ララミーはドアを閉めた。

どうしてスティーブンの苗字《みようじ》を知っているのかしら。ふたりは会ったことがあるの？　だとしたらいつ？

ララミーがゆっくりと振り向き、こちらを見つめる。座っていてよかった。膝が震えはじめる。射抜くような視線に、心地よい興奮が全身を駆けめぐった。三年ぶりに会うのに、どうしてこんなことが起こるのだろう？

初めて会った瞬間から互いに感じていた性的魅力は、いまも色褪《いろあ》せていなかった。ブリストルはその存在を否定したかったが、できなかった。視線を外して彼から顔をそむけたかったが、やはりできなかった。ただその場に座って耐えながら、この瞬間が早く終わるよう願った。けれども終わらなかった。むしろ必要以上に長引いているように感じた。

無意識に彼の肩へ目を向けると、たちまち記憶がよみがえる。あの肩にしがみついて愛し合ったことを、忘れられるはずがなかった。あの肩につかまって彼を迎え入れたことを。でも何よりも覚えているのは、ララミー・クーパーが力強さと精力をみなぎらせた、きわめて頑健な男性だったことだ。

ため息とともにハンサムすぎる顔に視線を戻し、目を見つめる。すると、またしても険しい表情に気づいた。けっして見せようとしない苦しみ。損なわれた秘密。傷ついた心。打ちのめされた魂。

そうしたものをララミーはいっさい見せたくないのかもしれない。だが、ブリストルは一瞬で感じ取った。死亡したと見なされていたあいだ、彼はいったいどんな目に遭っていたのだろうか。尋ねたら詳しく話してくれるかしら？　それとも私には関係のないこと？

「質問に答えてもらえるか？」ララミーの低くかすれた声が、まるで体内に鳴り響くように感じられた。

「まだ訊《き》きたいことがある」

まさに恐れていたことだった。だが、このままジャズリンのオフィスを占領するわけにもいかない。ララミーにいままでの経緯を詳しく説明しなければならないのはわかっていたが、いまはタイミングが悪かった。「それなら、明日また会って――」

「だめだ。今夜知りたい」

今夜？「それは無理だわ」

ブリストルは腕時計を見た。それ以上、彼の目を見つめることができなかった。黒い目は、ただ彼女に向けられているだけではなく、あのときとまったく同じように彼女を見極めていた。あのパリでの三日間は、たいてい彼の目を見れば何を考えているのか理解できた。そこに浮かんだ欲望の炎で、もう一度、愛を交わそうとしているのがわかったのだ。

「どうして今夜なの？」ブリストルは尋ねた。

「なぜ今夜じゃだめなんだ？」ララミーが問い返す。

彼女は大きく息を吸ってから答えた。「隣人のミズ・シャーロットがララミーを預かってくれているから、なるべく早く帰りたいの」

彼はうなずいた。「家はどこだ？」

「ブルックリン」

彼女を見つめたまま、ララミーはふたたびうなずいた。何を考えているのかしら。それに答えるように彼は続けた。「今夜、息子に会いたいんだ、ブリストル」

どんな口調でも、彼に名前を呼ばれると、説明のつかない温《ぬく》もりが全身に広がるのはなぜだろう。

「もう寝る時間を過ぎているから、きっと眠っているわ」

「構わない。とにかく会いたいんだ」

ブリストルはソファから立ち上がった。「どうして？」ララミーが自宅に来て、個人的な空間に足を踏み入れ、いままでは家族同然のミズ・シャーロットに会うことに対して、まだ心構えができていなかった。「私の言うことが信じられないの？」

「そうじゃない。ただ会いたいだけだ」

初めて父に連絡したとき、父も同じことを望んだが、いざ話す段になると、ブリストルはどうしたらいいのかわからなかった。堅苦しさをやわらげるために、最初は叔母のドリーが話した。おかげでブリストルが電話を代わったときには、父は娘と話したくてたまらない様子だった。そして、父はその日のうちにロサンゼルスを発《た》ち、八時間も経《た》たないうちに叔母の家のドアをノックしていた。

「わかったわ。それなら今夜、会って。家まで車で送ってもらうことになっているから」

ブリストルは緊張して下唇を噛《か》んだ。ここを出る前に、もうひとつ話しておかなければならないことがある。彼の姓を名乗っている理由だ。

「それから、さっき訊かれた、あなたの姓を名乗っている件だけど」

「ああ」

「パリを発つ前に、息子にあなたの名をつけようと決めていたの。ファーストネームもラストネームも。だけど、どうして親子で姓が違うのか訊かれるのは嫌だった。そうしたら、友人のディオンヌがいい考えを思いついてくれてね。彼女の友人にパリで裁判官の助手をしている人がいて、私たちの計画に手を貸してくれることになったの。つまり結婚許可証を偽造して、夫の欄にあなたの名前を記入してから、パリの裁判所に提出したというわけ」

ララミーはしばらく無言で考えてから尋ねた。

「そこまでしたのは、未婚のまま出産すると決めたからなのか？」

ブリストルは一瞬目をそらし、どうしたら理解してもらえるのかを考えた。「そうよ。自分のためというよりも、ララミーのために」言葉を切ってから続ける。「私の母もシングルマザーで、私は父親を知らずに育った。おかげで、つねに婚外子のレッテルに悩まされてきた。世の中には口さがない人がいるものよ。父親がいないことで、ずいぶんいじめられたわ。いまは未婚で子どもがいるのも珍しいことではない。それでも、我が子にはそういう思いをさせたくなかったの」

母からそういう話を聞かされたことは一度もなかったけれど、やはり悩んでいたにちがいないとブリストルは考えていた。娘のことだけでなく、自身のことでも。

「きみのマネージャーは、俺たちが正式に結婚していると思いこんでいるようだ。きみと子どもを捨てた男として、非難の目で見られた」

ブリストルは申し訳なく思って顔をこすった。

「ごめんなさい。あとで事情を話すわ」

「その必要はない。少なくとも、これで彼女に軽蔑されていた理由がわかった。それに、きみのことを尋ねたときに、あのカルペッパーとかいう男が敵意をむき出しにしていた理由も」

「スティーブンが？」

「ああ。きみの恋人なんだろう？」

何をどうしたらそういうことになるの？「まさか。デートだってしたことないのに」

ララミーは彼女の目をじっと見つめた。だとしたら、自分を牽制《けんせい》するようなあの態度はどういうことなのか。「だが、誘われているんだろう？」

「ええ、だけどいつも断ってるわ。好みじゃないから」ブリストルはまたしても腕時計に目をやってから彼を見た。「結婚していることを否定する？　もしかしたら、みんなに訊かれるかもしれないわ」

「心配するな。きみの秘密は口外しない」

6

　オフィスを出て最初にララミーの目に入ったのは、スティーブン・カルペッパーだった。ブリストルとともに近づくと、彼が目を細めるのがわかった。ブリストルの死んだはずの夫が生きていたと聞いたのに、何が目的でまだうろついているのか？

　隣でブリストルが身をこわばらせた。ララミーが歩調を緩めると同時に彼女も緩めた。彼はちらりと目をやる。「大丈夫か？」

「ええ、スティーブンがまだいたから驚いただけ」

　まったく同感だった。「帰るように言おうか？」

「いいえ。きっと心配だったのよ。ミスター・クサックもいるわ。彼は父の親友だったから、私のことを気遣ってくれたみたい」

　すると、マージーが笑みを浮かべて前に進み出た。

「話は終わったの？」

　ララミーが先に答えた。「ああ。いまから帰るところだ」

　マージーは眉を吊《つ》り上げた。「帰るって、どこへ？」

　どこでもいいだろう、ララミーはそう言ってやりたかったが、今度はブリストルが答えた。「家に帰るわ。車は来ているかしら？」

「ええ」

「よかった」そしてブリストルはララミーに言った。

「みなさんに挨拶しないと」

「そうだな。早いところ済ませよう」

　ブリストルは目を丸くした。まさか一緒に挨拶をするとは思っていなかったのだろう。けれども何も言わずに、彼とともに三人の男性に近づいた。

まずは画廊のオーナーに個展の開催の礼を述べ、気に食わなかった。そもそも最初から鼻についた。
気絶して迷惑をかけてしまったことを謝った。「スティーブン」ブリストルが話しかける。「今夜は
モーリス・ジャズリンは気にしないように言った。あんなに大勢の人を招待してくれてありがとう。お
「私だって気を失うだろう。死んだと思っていた配かげで大盛況だったわ」
偶者が、とつぜん目の前に現れたりしたら」そして「礼なんか言わないでくれ。それより今週のどこか
笑顔で続ける。「それに、文句を言ったら罰が当たで会いたいんだ。今夜ここに来たクライアントの何
る。あなたの絵は一枚残らず売れたうえに、今夜の人かがきみの絵を気に入って、もっと見たいと言っ
個展にミスター・クサックまで駆けつけてくれたんている。今後、絵を依頼することもあるだろう」
だから。お会いするのはずいぶん久しぶりだ」「まあ、すごいじゃない！　さっそく打ち合わせを
「私もお会いできてうれしかったです」ブリストル入れましょう」背後でマージーが興奮して言った。
はそう言って、クサックにほほ笑みかけた。「来て「私に連絡をくれれば、ブリストルの都合のいい日
くださってありがとうございました」時を調べておくわ」
コリン・クサックもほほ笑んだ。「ニューヨークカルペッパーは引きつったような笑みを浮かべた。
でのきみの初の個展だ。何があろうと見逃すわけに「もちろんだ、マージー」ララミーの目には、カル
はいくまい」ペッパーがブリストルとふたりきりで会いたがって
次に、ブリストルはスティーブン・カルペッパーいたように見えた。それをマネージャーが邪魔した
に顔を向けた。ララミーはこの男から感じる空気がのだ。

「明日電話するから、スケジュールを決めましょう、ブリストル」マージーが言う。

「わかったわ」ブリストルはにっこりすると、ララミーに顔を向けた。「じゃあ、帰りましょう」

ララミーはうなずいて彼女の手を取ると、ドアのほうへと促した。

「俺は噛《か》みついたりしない」

ブリストルは後部座席の隣に座っているララミーを見て、ふたりのあいだが不自然に空いているのを認めざるをえなかった。たとえ噛みつかなくても、あの口が驚くほどみだらなことをするのをありありと思い出した。

よりによって、なぜいま思い出しているの？

「噛みつかないのはわかってるけど、あなたには自分のスペースが必要かと思って」

彼の喉から漏れる笑いは、あまりにもセクシーすぎた。「つまり、きみが自分のスペースが欲しいということか？」

ブリストルは肩をすくめた。「たぶん、そういう状態に慣れているのよ」彼と別れたあと、本気でも遊びでも、他の男性とはいっさい付き合っていないことは黙っていた。出産後は息子が世界のすべてとなり、他の誰かが入りこむ余地などなかった。世間には、女であることを忘れないように男性を求める女性もいるが、ブリストルは違った。

ララミーはしばらく黙りこんでいたが、彼女はとくに気にしなかった。ふたりを乗せた送迎車はマンハッタンの通りを抜け、ブルックリン橋へと向かっている。画廊を出たときに、気温が下がっていることに気づいた。予報によれば、クリスマスの前に大雪が降るそうだが、クリスマスまで二週間足らずの時期に、これほどの寒波に見舞われたのなら予報は当たるかもしれない。

「教えてくれないか、息子のことを？」

ララミーの言葉が物思いに割りこんできて、ブリストルは彼を見た。通り過ぎる高層ビルのまばゆい明かりが彼の顔を照らし出し、初めて会ったときから心を奪われた理由をあらためて思い知らされた。心を奪われない女などいないだろう。

ブリストルは革張りの座席にもたれた。息子の話はお気に入りの話題のひとつだ。「どこから見てもかわいいわ」

またしてもあのセクシーな笑いが聞こえてくる。

「それ以外に。まずは妊娠期間中のことを聞かせてくれ。大変だったか？」

あの十カ月間のことは、いまでもはっきりと覚えている。「六カ月を過ぎてからは楽になったわ。普通の人よりもつわりが重くて、朝も夜も苦しめられたの。胃の中に食べ物を入れておけなくて、においを嗅いだだけでトイレに駆けこんでいた」

「つらかっただろう」

「死ぬかと思ったわ。五カ月でパリを離れるつもりだったのに、体調が落ち着くまでは医者に空の旅を禁じられたの」

「いつパリを発《た》ったんだ？」

「六カ月のときよ。どうしてもアメリカで出産したかったから。オンライン・ショッピングと、叔母の家の隣に住んでいるミズ・シャーロットにもずいぶん助けられたわ。家はすっかりきれいになって、ベビー用家具も配達されていたから、ニューヨークに戻っても不自由はしなかった。つわりが収まって食べられるようになると、たちまち風船みたいになったけど、増えた体重はほとんどララミーの重さだった。生まれたときには四キロ近くあったのよ」

「そのあいだずっと、きみは俺が死んだと思っていたんだな」問いかけるのではなく、ララミーははっきりと言いきった。

「だって、国務省の報告を疑う理由はないもの。あなたは個人的なことはいっさい教えてくれなかったし」

「きみも個人的なことは教えてくれなかった」

確かに、互いに自分のことはまったく話さなかった。とはいえ、たとえ話していても何も変わらなかっただろう。ララミーがふたりの関係を続けるつもりだったとは思えない。救出されてからは、もっぱら前を向いて生き、ひとときの恋の相手のことなど思い出しもしなかったにちがいない。

「今日はどうして私の個展に？」ブリストルは彼が自分を捜していたわけではないと確信していた。

「軍の用事でニューヨークに来たんだ。食事をしてホテルに戻ろうとしたとき、画廊のポスターできみの名前を見つけた。同じ名前の画家がそれほど多くいるとは思えなかった」

「それで、一《いち》か八《ばち》かで画廊に入ったの？」

「ああ、こんな格好で場違いなのはわかっていたが。そうしたら、きみの笑い声が聞こえたんだ」

「笑い声？」

「そうだ。それで人違いではないと確信した。きみの笑い声を覚えていたから」

ふたりで過ごしたあの三日間で、忘れられない思い出はたくさんあった。セックスのことだけではない。ベッドで朝食をとったり、冗談を言い合ったりして楽しんだ。一緒に映画も観《み》た。満ち足りた気分で彼の腕の中で目覚め、彼の腕の中で眠りに落ちた。

そうした思い出のおかげで、彼の子どもを身ごもり、二度と会うことは叶《かな》わないと思いこんでいたあいだも正気を保つことができた。陣痛がきたときも、その思い出がよみがえり、気持ちが軽くなった。

車が停《と》まり、ブリストルは窓の外に目を向けた。家に着いたのだ。ララミーが死んだと思いこんで悲嘆に暮れていたときに、癒やしを求めて逃げこんだ場所。その数カ月後に息子を連れ帰った場所でもある。赤ん坊は大きすぎたため、土壇場で帝王切開となった。さいわいにもディオンヌが出産に付き添うことになっていたが、単なる付き添い以上の役割を果たしてくれた。彼女がいなかったら、産後を乗り切ることはできなかっただろう。

　初めて我が子の姿を目にしたときは、あふれるほどの愛情で心が満たされた。特別な贈り物だった。見た瞬間、父親にそっくりだと気づいた。まさに奇跡だった。肌や髪の色、目の形、口角の高さ、すべてがララミーから受け継がれていた。そして成長するにつれて、ますます父親に似てきた。ララミーは気づくかしら？　気づかないはずがない。

「大丈夫か、ブリストル？」

　彼女はララミーを見た。「ええ」そう答えたものの、自信はなかった。

　運転手が回ってきてドアを開けた。ララミーが降りる際に、ジーンズに包まれたたくましい腿が革の上をなめらかにすべる様子に目を奪われる。彼はドアの横に立つと、続いて降りるブリストルのために手を差し出した。

　その手に手を置いた瞬間、ブリストルは感じた。あの火花、初めて触れ合ったときに感じた、あの疼《うず》くような興奮を。顔を上げ、ララミーの黒い目を見るなり、彼も感じたのがわかった。彼も思い出している。

　そして、自分がまったく大丈夫ではないことに気づいた。

7

ララミーは、たったいまブリストルとのあいだに流れた電流のようなものについて考えた。いまでも互いに強い性的魅力を感じていることを、嫌というほど思い知らされる。その気がなくても相手を挑発している。それ自体には驚かない。驚いたのは、彼女に触れられた瞬間の衝撃の強さだった。

両手をポケットに押しこむと、ララミーは周囲のブラウンストーンの家々を眺め、目の前の建物に目を向けた。海軍特殊部隊《ネイビー・シールズ》の隊員の習慣で、あたりにすばやく注意を払い、隅々まで状況を把握する。街灯に照らされた並木道沿いには手入れの行き届いた古い家が立ち並び、落ち着いた雰囲気の地区だった。

彼はブリストルのあとに続いた。玄関のドアへ上る階段には、両側に鉢植えの植物が置かれている。ブリストルはハンドバッグから鍵を取り出すと、振り向いて言った。「ミズ・シャーロットにも、あなたのことを話さないと。きっと驚くわ」

ララミーはうなずいた。「彼女も俺たちが結婚していると思っているのか？」

「ええ。真実を知っているのは、パリにいる親友のディオンヌだけなの」

彼はブリストルに続いて家に入り、ドアを閉めた。そこには心地よい空気が漂っていた。彼が子どものころに過ごした両親の巨大な家に比べて、こぢんまりとしてくつろげる空間だった。

玄関の横には階段があり、反対側はリビングルームだ。火の入った暖炉を見て、あらためて外の寒さに気づく。ここの温《ぬく》もりは全身を包みこむようだった。家の中はクリスマスの飾りが施されていた。窓の前にはツリーが置かれ、見覚えのあるオーナメントが目に留まった。パリで彼女のために買ったものだ。ブリストルが大事にしてくれているのを知って、温かな気持ちになった。

「すてきな家だ」ララミーは彼女を見て言うと、ステットソン帽を取って、手近な帽子掛けに掛けた。

「ありがとう」

「声が聞こえたと思ったら、帰ってきていたのね」

年配の女性が階段を下りてきた。ミズ・シャーロットにちがいない。女性はふたりを見てほほ笑んだが、ふいにその笑みが凍りつき、彼女は足を止めてララミーを見つめた。

「ごめんなさい、遅くなって。いい子にしてた?」

老婦人は彼から目を離さずにブリストルの問いに答えた。「いつもどおり元気だったわよ」

ブリストルは思いきって切り出した。「ミズ・シャーロット、紹介するわ――」

「ひと目で誰だかわかったわ」彼をじっと見つめたまま、老婦人は遮った。

その言葉にララミーは戸惑った。「どうしてですか?」片方の眉を吊《つ》り上げて訊《き》く。

「あなたの息子はお父さんにそっくりだから」

俺にそっくり?「本当に?」とっさに尋ねる。

「ええ、瓜《うり》ふたつよ」老婦人は答えた。

「私も、あの子が生まれて真っ先にそう思ったわ」ブリストルがつけ加える。

老婦人はようやくいちばん下まで階段を下りると、そばに来て言った。「あなたは幽霊じゃないわね。つまり、あなたが亡くなったというのはブリストルの誤解だったということかしら」

ララミーは老婦人の目を見つめた。その鋭い目の前では、隠しごとなどできそうになかった。「ええ、俺は死んでいません。政府のほうでは死亡したと思われていましたが。救出されるまで、一年近く行方不明になっていたんです」

直感的に、この女性には事情を説明すべきだと思った。老婦人はうなずくと、笑みを浮かべた。「生きて戻ってこられて本当によかった。二階にいるあの子を見たら、きっと夢中になるわ。本当にかわいい子だもの」そして彼女は腕時計に目をやった。「そろそろ失礼するわ。ふたりには積もる話もあるだろうから」そう言うと、老婦人はドアへ向かった。

ララミーが振り向くと、ブリストルは暖炉の上に飾られた絵を見つめていた。見たことのある絵だ。パリで。彼女の寝室で。ベッドの真上に掛けられていた。誰かと一緒に描いたものだと聞いた。カンバスに荘厳に描かれたポイントアリーナの灯台の美しさに、心を動かされた。太平洋の波が海岸に打ち寄せる音が聞こえてきそうなほど、生き生きとしている。ララミーは昔、両親とともにその灯台を訪れたことを思い出した。


「ブリストル？」

彼女は視線をララミーに移した。「なあに？」

「大丈夫か？」

ランプの横に立つブリストルを光が照らし出している。ララミーは初めて彼女を見たときと同じことを考えていた。美しい。明るい光の中で隅々まで眺める。はっきりと見える。ダークブラウンの髪は後ろにまとめられ、魅力的な顔立ちを際立たせていた。とりわけ、あのイヤリングをつけていると……。

そのときララミーは思い出した。あれは自分がプレゼントしたものだ。大事にとっておいているのはクリスマスのオーナメントだけではないようだ。

「さてと、そうしたら、会いに行く？」

「ああ」

ブリストルはうなずいた。「眠っているから、とにかく起こさないようにして。起こされると手に負えなくなるの。ご機嫌ななめになって」

「起こさないよ」

「お願いね。じゃあ、ついてきて」

ブリストルは階段を上り、ララミーもあとに続いた。一歩ごとに胃が締めつけられるのを感じる。どうしたというんだ。無情な敵に立ち向かうときは瞬《まばた》きひとつしないのに。だが、この階段を上った先に自身の血を分けた子どもがいるかと思うと、全身の神経が張りつめた。

二階に着くと、ブリストルは振り返った。「こっちよ。子ども部屋は私の寝室の隣なの。夜のあいだも声が聞こえるように」

うなずいた拍子に彼女の香りが鼻をくすぐった。やわらかくて繊細なジャスミンの香り。彼女のお気に入りの香水で、一緒に過ごしたあの三日間は自分の香りにもなった。

ブリストルはドアを開けて部屋に入ったが、ララミーは入口に留《とど》まった。そして彼女が小さなランプをつけると、部屋の中を見まわした。明るい黄色の壁には、動物園の動物たちが本を読む人のまわりに集まっている絵が描かれている。

隅にはおもちゃの箱があった。自分が子どものころ、朝におもちゃを残らず箱から出したら、夜には片づけなければならなかったことを思い出し、ララミーはにやりとした。

ブリストルがベッドに近づく。部屋の入口から、毛布の下で眠る小さな影が見えた。黒っぽい巻き毛が目に入るなり、ララミーは自分の幼少時代の写真を思い浮かべた。同じようにくるくるした黒い髪の子どもだった。四歳になるまで髪を切ってもらえなかったのだ。

ブリストルがベッドの前で足を止めると、彼はこめかみが脈打つのを感じながら近づいた。そして下を見た瞬間、心臓が止まった。突如、激しい感情の渦にのみこまれた。俺はいま、子どもを目にしている。我が子を。

　自分の息子。

　情熱の炎に包まれた三日間でブリストルとのあいだにできた子ども。忘れがたい三日間。普通の人間なら気が狂うような状況でも、あの三日間の思い出のおかげで正気を保つことができた。

　平静ではいられないことは覚悟していた。だが、ここまでとは思わなかった。さまざまな感情があふれんばかりにこみ上げ、頭の中が真っ白になった。子どもはうつ伏せで寝ていたので、顔の片側しか見えない。けれども、それでじゅうぶんだった。ララミーの頭の中には、ひたすら彼の思いが鳴り響いていた……俺の子ども。俺だけの。

　いや、違う、と横の女性を見て思い直す。この子は彼女の息子でもある。それを忘れてはならない。

　ブリストルと目が合った。その瞬間、互いに何かを感じたが、今度は性的なものではなかった。どんなことがあろうと、この子――ふたりの子ども――がいちばん大事だという暗黙の了解だった。ララミーはその約束を理解し、受け入れた。

「いつも朝までぐっすり眠るのか？」ささやき声で尋ねる。何かを言わずにはいられなかった。知りたいことがたくさんある。すべてを知りたかった。

　ブリストルの口元にかすかな笑みが浮かぶ。「もうじき目が覚めるんじゃないかと思っているのなら、あいにく期待は裏切られるわ」彼女はささやき返した。「いつも、寝つきはとっても悪いけど、いったん寝てしまえば朝まで起きないの」

「明日、また会いに来てもいいか？　一緒に時間を過ごしても？」

　ブリストルは答えなかった。なぜだ？〝イエス〟か〝ノー〟のひと言で構わないのに。できれば〝イエス〟で。ところが、彼女は小声で言った。「階下《した》で話しましょう」

ララミーは彼女のあとについて部屋を出て、階段を下りた。

「コーヒーか、ビールでもどう?」

「ビールをもらおう」

「すぐ用意するわ」

彼にとっては、たとえ少しのあいだでも、ひとりで頭の中を整理できるのはありがたかった。彼女はわざと引き延ばしているのか? 息子に対する俺の権利を認めないつもりか? 彼女が三年前に手紙を出そうとしたのは、妊娠を知らせるためだと言った。俺はいま、子どもの顔を見た。これからどうするのか? もう近づかないでほしいというのか? 父親としての権利をはっきりさせるために弁護士を雇うべきか? わかっているのは、息子に自分の名前がつけられていることだけだ。正式には結婚していないものの、ブリストルも俺の姓を名乗っている。

ララミーは顔をこすった。もう夜も遅い。深く考えすぎなのか? その可能性も否めなかった。ララミーはもともと疑《うたぐ》り深いところがある。物ごとを額面どおりに受け取ることはめったになかった。

ブリストルが彼のビールと自分の紅茶を持って戻ってきた。そういえば、彼女は毎朝と、毎晩ベッドに入る前に紅茶を飲んでいた。カップに口をつける姿を見るだけで、興奮を覚えたものだった。

「そこに座りましょう」そう言って、ブリストルはリビングを示した。「パリのワンルームのアパートメントも好きだったけど、ここは部屋が多くていいわ。おちびのララミーもいるし」

彼女は腰を下ろしたが、ララミーは立ったままだった。彼女の落ち着いた様子に、ますます疑念が深まる。俺は子どもの人生に関われないと言うつもりか? あるいは関わり方は彼女が決めると?

ララミーはビールを開け、ごくりと飲んだ。冷たい液体が喉に心地いい。ブリストルに目をやると、じっとこちらを見つめていた。何かを言いたいが、緊張のあまり言葉にならないかのように。だとしたら、彼女の頭の中で形になりつつある考えを聞き出して、この場で異議を唱える必要がある。

「さっき、明日また来てもいいかと訊いたら、きみは答えなかった。つまり、そうされたら困るということだろう。だとしたら、俺の話を聞いてほしい」

ララミーは彼女の目の前に立ち、まっすぐ目を見つめた。「息子に会いたい。機会があればいつでも。息子のことを知りたいし、息子にも俺のことを知ってほしい。あの子のそばにいたい。あの子の人生に関わりたい。俺は自分の子どもに背を向けるような男じゃない。父親としての権利がある」

そして一瞬、間を置いてからつけ加えた。

「言っておくが、きみがその権利を認めない場合は、ありったけの金をはたいてでも法的手段に訴えるつもりだ」

8

泣き出してしまう前に、どうにかしなければならない。けれども、こぼれそうな涙をこらえるだけで、すでに精いっぱいだった。自分にとって、いまのラミーの言葉がどれほど意味を持つのか、おそらく彼自身はわかっていないだろう。

三年前のクリスマスに彼に心を奪われたのは、それなりの理由があったからだとブリストルは心のどこかで感じていた。彼のことはよく知らなかったものの、誠実な男性だと信じていた。紳士で、正しいことをすべきだという信念を持った人だと。

妊娠に気づいたときは、当然のように彼に知らせようとした。自分の母の父に対する態度に納得できなかったからだ。とはいえ、この瞬間まで、ララミーが息子のことをどう思うかは想像もつかなかった。

だが、いまの熱のこもった言葉を聞いて、このまま姿を消すつもりがないとわかった。彼は子どもの人生に関わりたがっている……私の父も、娘の存在をもっと早く知っていたらそう思ったにちがいない。世の中には真っ当な男性がいることを、ララミー・クーパーは示していた。父と同じく。

もはやこらえきれずに、涙が頬を濡《ぬ》らした。どうしてこんなに感情的になっているの？　よりによって、いま。三年前に恋に落ち、死んだと思っていた男性が無事に生きていただけでなく、ここで、私の家で目の前に立って、迷わず子どもを受け入れているせいにちがいない。だからといって、彼が私とやり直すつもりだとは限らない。それはわかっている。だけど構わない。いちばん大事なのは、彼が息子と関わりたいと願っていることだから。


「ブリストル、俺の言葉のせいで泣いているのか？　俺が我が子の人生に関わりたいと言ったから？」ララミーは信じられないといった口調で尋ねた。

さらにあふれる涙をどうすることもできなかった。彼の顔に怒りと困惑が浮かんでいるのに気づく。自分の曖昧な態度が誤解を招いてしまったのだ。

「ティッシュを取ってくるわ」ブリストルは慌てて立ち上がってキッチンへ行った。

しばらくして戻ると、ララミーはこちらに背を向けてクリスマスツリーの前に立っていた。両手をジーンズのポケットに突っこんでいる。あのオーナメントに気づいたのかしら。私がどれだけ大事にしているか、思いも及ばないにちがいない。目にするたび、私がどれだけパリを懐かしんでいるか。

「ララミー？」

彼が振り向いて目が合った。その姿勢や翳《かげ》りのある表情から、先ほどよりも怒っているのがわかる。

やはり説明しなければならない。そして、そのためにはすべてを打ち明けるしかなかった。

「きちんと座って話しましょう」

射抜くような黒い目は、彼自身には話すことなど何もないと物語っていたが、それでもララミーはうなずいた。ブリストルはソファに座り直したが、彼は自分は立っていると言い張った。

部屋は静かだったが、胸の鼓動が響きわたっているような気がした。「困惑させてしまったようだけど」ブリストルは切り出した。「私の話を聞いてほしいの。そして、できれば理解してほしい」いったん言葉を切ってから続ける。「私は父親を知らずに育った。みんなにはパパがいるのに、なぜ自分にはいないのかわからなかった。ずっと母とふたり暮らしだった。ある日、たぶん八歳くらいのときに、思いきって母に訊《き》いたの。父親がどこにいるのか知りたくて。母は怒って、あなたにパパはいないと言った。パパは必要ないから、二度とその話はしないように、と。それ以来、私は何も言えなくなった」

ブリストルはティーカップを手に取り、すっかり冷めてしまった紅茶に口をつけた。

「十五歳のときに母が亡くなると、ヒューストンを離れて――」

「テキサスに住んでいたのか？」

「ええ。ヒューストンで生まれて、十五になるまでずっといたわ」

ララミーはうなずいた。「俺もテキサスの出身だ。オースティンで生まれた」

彼女は相槌《あいづち》を打つと、続きを話した。「母が亡くなってからニューヨークに来て、叔母のドリーと暮らしはじめた。母のただひとりのきょうだいなの」息をついて続ける。「そのときになって、ようやく勇気を出して父のことを叔母に訊いてみたわ。何も知らなかったから。名前さえ。叔母は知っていたけれど、母に口止めされていたの。叔母の話では、父と母はダラスの高校に通っていたころに付き合っていたけれど、父はパリで絵画を学ぶ夢を叶《かな》えるために母と別れた。父は一緒に来てほしいと頼んだけど、母は断ったそうよ。外国では暮らしたくないと言って」

「お父さんも画家なのか？」ララミーは本棚にもたれて尋ねた。

「ええ。それを知って、私がどれだけ興奮したかわかる？　自分の絵の才能がどこからきたのか明らかになって。父が誰なのかわかったら、会ったことのないその人に連絡してみたくなった。母が会わせてくれなかった人に」ブリストルはふたたび紅茶に口をつけた。「叔母によると、母は妊娠したことを父に言わなかったから、父は娘がいることすら知らなかった。母が隠していたのは、自分よりもパリを選んだ父に腹を立てていたからだそうよ」彼女は息を継いで続けた。「私は父に会いたいと叔母に頼んだ。自分の存在を知ってもらいたいと。叔母が通っている教会にニューヨーク市警の刑事がいて、その人に調べてもらって、ロサンゼルスに住んでいることがわかったの。そして十六歳の誕生日の朝、父に電話をかけた」

「お父さんは何て？」

ララミーに子どものことを話したときとほぼ同じ反応だったことは、言わなくてもいいだろう。「自分の娘だと信じて、会いたいと言ってくれたわ。そして、その言葉どおり、父はすぐ飛行機に飛び乗って、八時間後には叔母の家のドアをノックしていたわ」ブリストルはほほ笑んだ。「いままでで最高の誕生日プレゼントよ」

またしてもあふれかけた涙をこらえながら続ける。「その日から、人生で最も幸せな二年間を過ごした。父の話によれば、母に手紙を書いたけれど返事をもらえなかったそうよ。何度出しても戻ってきたって。母は完全に関係を絶ってしまったの。その後、父は別の女性と出会って、私と会ったときにはその人と結婚していた。息子がふたりいるけれど、どちらも絵に関心がなかったから、私が絵を描くと知って喜んだわ。私たちにはたくさんの共通点があった」

「お母さんがきみの存在を隠していたことに動揺していたか？」

「ええ、とても。長い年月を無駄にしてしまったと。私と一緒に過ごせたはずの年月を。だからそれから二年間で、ふたりでできることをすべてやろうとした。私たちにはそれだけの時間しかなかったから」

ララミーが戸惑いの表情を浮かべた。「なぜだ？」

ブリストルは喉にこみ上げる悲しみをのみこんだ。

「私は知らなかったけれど、父は癌《がん》で余命がわずかだったの」ララミーの視線を受け止めて、息を深く吸いこむ。「つまり、息子のことについては、私の父との経験を踏まえて行動しているというわけ。だから、妊娠がわかったらすぐあなたに手紙を書いた。母と同じ過ちを犯したくなかったから。あなたには息子のことを知る権利がある。たとえ認知しなくても。決めるのはあなたよ。子どもを失うかどうかを」

ララミーは一瞬、言葉に詰まった。「お父さんのことは気の毒だったね」

「父から事実を聞いたのは亡くなる直前だったわ。父は病気のことを打ち明けて、困ったことがあれば、信頼できる親友のコリン・クサックに連絡するよう言い残した」父の妻がとつぜん現れた娘の存在を快く思っておらず、遺言書の開封の際に卑怯《ひきょう》だと非難してきたことは、言わずに伏せておいた。

「それで、お父さんと同じくパリで絵の勉強を？」

「ええ、父が亡くなる前に手配してくれたの。自分と同じ学校で勉強してほしいと言って」パリのカフエで働いていたのは、必要に迫られたわけではなく、そうしたかったからだ。父は授業料だけでなく、月々の生活費もじゅうぶんに遺《のこ》してくれた。それに母の保険金もあった。だがその金はすべて預金口座に入れた。幼いころから母に自立と倹約の大切さを教えられてきたのだ。「すばらしい父だった。できることなら、もっと一緒の時間を過ごしたかった」

ララミーは少し考えてから尋ねた。「そうさせてくれなかったお母さんを恨んでいるのか？」

ブリストルは深く息を吸いこんだ。「いまは恨んでいないわ。ずっと心の中で責めていたけど。結果的に、母は父だけでなく、私も傷つけたんだから。そんなことを自分の子にはできないわ。だから、あなたがララミーと関係を深めるのを邪魔するつもりはない。それがどんなに苦しくて胸が張り裂けそうになることか、わかっているから」

聞こえるのは暖炉で薪《まき》が爆《は》ぜる音だけだった。

「話してくれてありがとう、ブリストル」

両親のこと、父との関係を語り終えて、ブリストルは疲れ果てていた。彼女はゆっくり立ち上がった。「これで話は終わりよ。明日は何時にあの子に会いに来る？」

ララミーは落ち着かない様子でほほ笑んだ。「何時なら来てもいいんだ？」

ブリストルはくすくす笑った。「ララミーは早起きだから、私はいつも八時ごろには起きて朝食の準備をするわ。よかったら一緒にどう？」

「ぜひそうさせてもらおう」

彼女は腕時計に目をやった。すでに夜中の十二時になろうとしている。「タクシーを呼ぶ？」

「いや、そのあたりで拾う」

「わかったわ」ブリストルは彼を玄関まで見送り、彼がステットソン帽をかぶるのを眺めた。その姿は、海軍特殊部隊《ネイビー・シールズ》の隊員というよりカウボーイのようだった。

ラミーが目の前に立ち、まっすぐ見つめられると、たちまち心臓が早鐘を打つ。気をそらそうと、彼女は別のことを考えた。「あなたとラミーが同じ名前だと紛らわしいから、あなたのことは〝クープ〟と呼んでもいい？　それとも、そう呼べるのはチームの仲間だけ？」

「いや、そんなことはないから構わない」

「よかった」

彼は両手をポケットに押しこんだ。「予定が変更になったり、何か用事があれば、タイムズスクエアのマリオット・ホテルに連絡してくれ。念のため、携帯電話の番号も教えておこう」

「ええ。おやすみなさい、ララミー……クープ。あなたが生きていて、本当によかったわ」

彼はにっこりした。「俺もそう思う」そして、じっと彼女を見つめてから言った。「おやすみ、ブリストル。また明日」

彼はくるりと背を向けると、足早に階段を下りた。

ララミーは長いあいだ遠ざかっていた幸せを感じながらホテルの部屋へ戻った。それだけではなく、アドレナリンが怒濤《どとう》のように体じゅうの血管を駆けめぐっていた。二度と会えないと思っていた女性がここにいるとは、何という偶然か。このニューヨークに。そして彼女に遭遇するとは。

しかも今夜、自分に息子がいたと知ったばかりか、その姿をこの目で見たのだ。これ以上うれしいことはない。心が浮き立ち、早く仲間たちに伝えたくてたまらなかった。

彼は腕時計を見た。もう遅い。十二時になる。ベインもバイパーもマックもフリッパーも、まだ起きているはずだが、ベインには三つ子がいて、マックにも四人の子どもがいる。起こしてしまわないように、四人には電話をくれとメッセージを送ることにした。

時機を見て両親にも連絡し、ふたりが祖父母となったことを知らせなければならない。どういう反応を示すだろうか。これまで孫が欲しい素振りはいっさい見せたことがない。息子に対して身を落ち着けろなどと、うるさく言うこともなかった。

四人の仲間にメッセージを送ってからジャンパーを脱ぎ、クローゼットに掛けたところで、最初の電話がかかってきた。ベインの番号だ。「どうした、クープ?」ベインが心配を隠さずに尋ねる。

「何でもない。ただ、知らせたいことがあるんだ。待ってくれ、別のやつからもかかってきた」

残りの三人からも次々と連絡が入り、全員で通話ができるように電話会議用の番号にかけ直す。「で、クープ、俺たちに知らせたいことって何だ?」バイパーが尋ねた。

「まさか、またしても上官に極秘任務を命じられたんじゃないだろうな。また重要人物のもとにオカメインコを届けるのか?」フリッパーがからかう。

「今度は犬かもしれない」マックもおもしろがって言う。「あるいはペットの猿か」

ララミーは彼らの冗談を受け流した。何を言われても平気だった。「このニューヨークで、ブリストル・ロケットに出くわしたんだ」

「ブリストル・ロケット? 三年前にパリでおまえから引き離せなかった女か?」バイパーが驚いた。

「俺の記憶が正しければ」ベインは振り返る。「彼女と一緒にいたせいで、おまえは三日間、行方不明だった」

「その後、一カ月近く、おまえのにやけた顔をどうすることもできなかった」マックがつけ加える。

「それで、再会はどうだったんだ?」フリッパーが尋ねた。「あいかわらず魅力的だったか?」

「ああ、まさにその彼女だ、バイパー。あの三日間、そんなに俺が恋しかったとは知らなかったよ、ベイン。一カ月近く笑っていた覚えはないぞ、マック。だが、それが事実だとしたら、相応の理由があったからだ。それからフリッパー、彼女はあいかわらず魅力的で、気絶から目覚めたあとは、すばらしい再会だった」

「何で気絶したんだ？」ベインが尋ねる。

ララミーはベッドの端に腰を下ろした。「ブリストルは幽霊を見ていると思ったんだ。俺に手紙を書いたが戻ってきたから、友人の知り合いの国務省職員に調べてもらって、俺がシリアで殺されたと聞いたらしい」

「その職員は機密情報を漏らしたのか？」フリッパーが問いただす。

「彼女に知らせる必要があると判断したんだ。さっきも言ったが、彼女は俺に連絡をとろうとしていた」

「なぜだ？」バイパーが尋ねた。

ララミーは間を置いてから答えた。「妊娠したことを知らせたかったんだ」

四人とも黙りこんだ。理由は明らかだった。ララミーの言葉を理解しようとしているのだ。

彼は笑みを浮かべてつけ加えた。「そうだ。おまえたちが考えているとおりだ。俺には子どもがいる。二歳の息子が」

9

「ママ、おなかすいた」

コンロの前で朝食の準備をしていたブリストルは思わずほほ笑んだ。毎朝、息子は上機嫌で目を覚ます。おなかをすかせているが、機嫌はいい。毎晩、夜食を食べていても関係ない。眠っているあいだに消化してしまうようだ。

「もうすぐできるから、塗り絵をしてて」

「うん」

ララミーが、とりわけクレヨンで色を塗るのが好きなことには早くから気づいていた。壁がお絵かき帳になったときに、塗り絵を買い与えた。いまでは朝食ができるまで塗り絵をして待つのが習慣になっている。そして毎日一緒に家で過ごしているので、ブリストルは時間を見つけては、いろいろなことを教えていた。おかげでララミーは、すでに三原色を理解し、十まで数えられる。さらに、ブリストル自身がフランス語に堪能なので、物の名前を英語とフランス語で同時に示すようにもした。いまのところ、ララミーは両方の言語を覚えている。

ちょうど目玉焼きを作り終えたとき、玄関のベルが鳴った。ララミーがおしゃべりをやめて言った。

「ママ、ドアなってる」

ブリストルはタオルで手を拭くと、振り向いて応えた。「ええ、聞こえたわ」そして、誰が来たのかを考えただけで胸が高鳴った。ララミー……クープ。

「すぐに戻るから、待っててね」

今朝は念入りに身支度を整えたことは認めずに、彼女は玄関へ向かった。クープは自分ではなく、ララミーに会いに来たのだ。

深呼吸をしてドアを開けた。「おはよう、クープ」日の光のもとでは、ブリストルはいっそう美しく見えた。今日はダークブラウンの髪を肩に下ろしている。口紅はつけていないが、つややかな輝きを放つ何かを塗っている。もうひとつ昨晩と異なるのは服装だ。今日はジーンズにセーターといういでたちだった。単なる偶然か？　それとも、俺が赤が好きだと言ったことを覚えていたのか？

平常心を保とうとしつつ、クープは自分が彼女をチェックしているあいだに、彼女もこちらに対して同じことをしていると気づいた。彼は咳払《せきばら》いをした。

「おはよう、ブリストル。早すぎたか？」

「いいえ、ちょうどいいわ」ブリストルはわきへ寄り、彼を招き入れた。「朝食の準備ができたところ。おなかがすいているといいけど」

飢え死にしそうだった。ただし、欲しいのは食べ物ではない。彼女がドアを開けた瞬間、欲望を感じた。外にいたときでさえ耐えがたいほどだったが、こうして心地いい彼女の家に入ると、欲望はさらに強まった。彼女も同じように感じているのだろうか。

「ああ、腹ぺこだ」

人生で女性に夢中になったのは、あとにも先にも一度きりだった。そして、その女性こそが、彼女だ。

「よかった、たくさん作ったから。ララミーは起きてるわ。朝はいつもご機嫌なの」

「機嫌が悪いことはないのか？」彼は尋ね、プレゼント用に包装したいくつもの箱をソファに置いた。ブリストルのほほ笑みを見て、下腹部が疼《うず》かないよう祈るしかなかった。

「もちろんあるわ。眠いのに、どうしても寝たくないとき。そういうときはぐずるの」彼女はクープが持ってきたたくさんのプレゼントに気づいた。「買い物に行ったようね」

彼は笑みを浮かべた。「ああ。ホテルのギフトショップに開店と同時に飛びこんだんだ。あとでまた買うつもりだ。クリスマスまであと二週間もないなんて信じられない」

キッチンに入ったとたん、クープは足を止めた。テーブルの前に座り、じっとこちらを見つめている男の子は、まさしく彼自身のミニチュアだった。昨晩、初めて息子を見たときにこみ上げた感情が、十倍になって押し寄せてくる。ミズ・シャーロットとブリストルの言ったとおりだ。息子は驚くほど自分に瓜《うり》ふたつだった。

肌の色合い、目の色、鼻、唇、耳の形。そして、何よりもあのふさふさした巻き毛。軍の規定に従って、いまのクープは短く刈っているが、十代まではずっと長く伸ばしていた。きちんと整えているかぎり、両親も何も言わなかった。さらに息子は、座っていても、二歳児にしては大きいのがわかる。クーパー家の男性は代々長身だ。クープは父親と同じで百八十九センチ。父方と母方の祖父は、ともに百九十二センチだった。

「だあれ？」ララミーがクープを指さして、大声で母に尋ねた。

「指をさすのはお行儀がよくないわ、ララミー」

男の子は指を下ろしたが、その小さな顔には〝このひとはだれだろう〟という表情を浮かべたままだ。

「ララミー、この人はあなたのパパよ。〝パパ〟って言える？」

「パパ？」息子は説明を求めるように母親に尋ねた。

「そう、パパ」

男の子はうなずき、クープに向かって言った。

「パパ」

息子に初めてそう呼ばれ、クープは胸が締めつけられた。

目の前でララミーが手を振って、もう一度言う。

「こんにちは、パパ」

クープも手を振り返した。「やあ、ララミー」

すると、あたかもクープのことは忘れてしまったかのように、ララミーはクレヨンを手にして目の前の塗り絵に色を塗りはじめた。

「座って、クープ」

ララミーがぱっと顔を上げ、不満そうに言う。

「このひと、パパだよ。クープじゃない」

ブリストルはにっこりした。「パパと呼べるのは、あなただけなの。ママはクープって呼ぶ。あなたはパパ。わかった？」

ララミーはこくりとうなずいた。「うん」

ブリストルはさらに説明を続けた。「だけど、ララミーって呼ぶこともあるわ」

またしてもララミーの顔が不満げになる。「ララミーは、ぼくだよ」

「そうね。でも、この人の名前もララミーなの」

するとララミーは父親を見た。「ぼくのなまえ、つけたの？」

クープは逆だとは言わず、それについてはブリストルに任せることにした。息子がどれだけ理解できるかは、彼女のほうがよく知っているだろう。「そうだよ。きみの名前をもらったんだ」

「だけどママはクープと呼ぶわ。そうすれば、この人に話しかけているのがわかるでしょう？　あなたにじゃなくて。いい？」

「うん」ララミーはうなずくと、ふたたび塗り絵に取りかかった。

テーブルまで行って腰を下ろしたクープは、またしても息子の注意を引いた。

ララミーは顔を上げ、真面目な表情で尋ねた。

「て、きれい、パパ？」そして、その問いの意味を示すように両手を上げてみせる。「ぼくのて、きれいだよ」

「おっと」クープは手を洗いにバスルームへ向かった。どうやら二歳児の前では気が抜けそうにない。

「ホルモンが言うことを聞かないわ」バスルームへ向かうクープを眺めながら、ブリストルは小声でつぶやいた。今日の彼はカーキ色のパンツに茶色のセーターという格好だが、何を身にまとってもセクシーにちがいない。彼の存在そのものに鼓動が乱れ、自分の中の女が目覚める。それに、あの自信に満ちた歩き方。まさに究極の男らしさを体現している。

「パパ、かえったの？」

ブリストルはテーブルに皿を並べながら息子を見た。小さな目に浮かんでいるのは寂しさかしら？ いいえ、気のせいね。まだ会ったばかりだもの。愛情を感じるはずがない。それでも、いずれクープに懐《なつ》くはずだと思っていた。人懐っこい性格なのだ。

「いいえ、手を洗いに行ったのよ」

ララミーはうなずいて言った。「よかった」そしてクープにやってみせたように、両手を何度か引っくり返して汚れていないことを示しながらつけ加えた。「ぼくのて、きれいだよ」

ブリストルはにっこりした。「そうね、とってもきれいね、ララミー」

そのときクープが戻ってきて、ふたたび椅子に座った。「パパ、おかえり」ララミーが笑顔になる。

クープも笑みを返した。「ただいま」

「パパ、もっとあそぶ？」

床に寝そべっていたクープは、小さな男の子にこれだけのパワーがあることに驚いた。腕時計を見ると、もうすぐ正午だった。もう四時間もここにいるのか？ 朝食はとてもおいしくて、ブリストルが料理上手であることを知った。

そのあとリビングへ移動したが、彼がララミーとふたりきりで過ごせるように、ブリストルは階上《うえ》のアトリエにこもった。自分を信頼してララミーの世話を任せてくれたことがうれしかった。

「パパ、ゲームやる」

クープは体を起こしてララミーを見た。息子が〝パパ〟という言葉の本当の意味を理解していないのはわかっていた。ララミーにとっては、ただの名前なのだ。だが、もう少し大きくなったときには、それ以上の意味を持ってほしい。海軍特殊部隊《ネイビー・シールズ》の仕事柄、いつもそばにいることはできないが、機会を見つけては一緒に過ごすつもりだった。

そのためには、任務が終わるたびにニューヨークへ来ることになるだろう。カリフォルニアの気候のほうが気に入っていることなど、もはやどうでもよかった。息子がニューヨークにいるのだから、そこが自分の行く場所だ。

「まだ体力は残ってる？」

顔を上げると、笑顔のブリストルがリビングの入口に立っていた。クープは笑った。「かろうじて」

「じゃあ休憩にしましょう。そろそろランチの時間だから」

まるで魔法の言葉を耳にしたかのように、ララミーがぱっと立ち上がった。「ランチ？」

「そうよ、ラミー。ランチよ」

キッチンへ駆け出そうとするララミーを、クープは呼び止めた。「手はきれいか？」

ラミーは小さな目を丸くしてから、自分の手に目をやった。「ううん」

クープはうなずいた。「よし、じゃあ一緒に洗いに行こう」

ブリストルは並んで歩いていくふたりを見つめた。父親と息子。けっして見られないと思っていた光景だ。それを目の当たりにして心が揺さぶられた。昨晩、ディオンヌにかけた電話を思い起こした。クープが生きていたことを知らせたのだ。気絶したことも含め、丸一時間かけて親友に一部始終を報告した。

するとディオンヌは鋭い問いを投げかけてきた。彼のことはどう思っているの？　まだ愛している
の？　ブリストルは説明せざるをえなかった。まだ愛しているろん愛している、だけどいまは不安でたまらないと。もち
クープの仕事は危険を伴う。つねに死と隣り合わせだ。任務が極秘である以上、居場所さえわからないことが多い。そんな相手と人生をともにするのは無理だろう。またしても悲しみのどん底に突き落とされることなど想像できなかった。彼は一度は死を免れたものの、次も幸運に恵まれるとは限らない。

クープとは昨夜話しただけで、ゆっくり語り合う機会はなかった。いつまでニューヨークに滞在するのかも、ここにいるあいだの予定も知らない。ただ、できるかぎりララミーと一緒に過ごしたいという彼の希望に異存はない。息子に父親のことを知ってもらいたかった。

ブリストル自身も彼を知る必要がある。クープに関しては何も知らないも同然だ。テキサスで生まれたことも、昨晩初めて聞いた。両親についてはほとんど話題に上らないが、健在だということはわかっている。少なくとも三年前はそうだった。

「ママ、て、きれいになった」

クープとララミーが戻ってきた。ララミーは父親に肩車をしてもらって満面の笑みを浮かべている。

「じゃあ、キッチンでランチを食べましょう」

クープはララミーを下ろし、小さな足が床についたとたん、男の子はキッチンへ駆け出した。そしてドアの前で立ち止まると、振り向いて言った。「ママ、はやく。パパ、はやく。おなかすいた」

クープは笑いながらブリストルと並んであとに続いた。「俺の勘違いだったかな。たしか数時間前に朝食をたっぷり食べたはずだが」

彼女はくすくす笑った。「勘違いなんかじゃないわ。本当に食いしん坊なんだから。どれだけ食費がかかるか想像もつかないでしょう」

クープが足を止め、彼女の腕に触れた。たちまち興奮があふれ出し、ブリストルの下腹部に流れこむ。「俺にもいくらか負担させてくれ」

彼女は首を振った。「ありがとう。でも、その必要はないわ。ゆうべも言ったとおり、あなたに何かしてほしいわけじゃないから。本当に」息子との関係を築いてくれれば、それでよかった。

「それは納得できない」

彼の怒りに気づいて、ブリストルは眉をひそめた。「そのことはあとで話しましょう。ララミーがお昼寝をしているあいだに」

クープはうなずいた。「わかった。ランチの支度を手伝おうか？　ピーナッツバターとジャムのサンドイッチなら任せてくれ」

「ありがとう。だけどもう用意したわ。今日はツナサンドとポテトフライ。ララミーはシーフードが大好きなの」

「俺もだ」

自分と父親がそうだったように、クープとララミーにも共通点がたくさんあるのかもしれない。テーブルへ向かう彼のセクシーな歩き方には気づかないふりをしながら、ブリストルは冷蔵庫へ向かった。ララミーはすでにテーブルについている。こうして三人でこの家にいるのがとても心地いいことも忘れようとした。彼は最初からここにいるみたいだった。

そう思うなり、息が苦しくなる。そんなことを考えるなんて。クープが私たちと人生をともにすることは不可能なのに。少なくとも私とは。彼がここに来たのはララミーに会うため。私たちのあいだにもっと強い感情があれば、彼は救出されてから、私を捜したはずだ。でも、そうはしなかった。つまり、ふたりの関係はただの火遊びだったのだ。その後、彼は振り返らずに前に進んだ。私のことはすっかり忘れていたにちがいない。まさか再会するとは思ってもいなかっただろう。そして再会したいとも。

先ほどの言葉どおり、ララミーを寝かしつけてからクープと話すつもりだった。話し合うべきことは山ほどある。彼には何も求めていないことを、もう一度言っておかなければならない。養育費を要求するつもりもないと伝えて安心させたかった。だが、それでも彼は払うと言い張るかもしれない。責任感の強い人だから。

けれども、払わせるわけにはいかない。

偽装結婚の問題もある。解消する手続きが必要だ。

冷蔵庫からランチを取り出しながら、ブリストルは考えた。きちんと話し合わなければならない。

10

正直、今朝訪ねてきたときには、息子の反応が心配で緊張していた。だが、これまでのところ、うまくいっている。すべてはブリストルのおかげだ。

ソファの背にもたれながら、クープは彼女の子ども時代の話を思い返した。とりわけ彼女が父親を知らずに育ったこと、そして亡くなるまでの二年間しか一緒に過ごせなかったことを。

その話を聞いて、どちらが不幸なのかわからなくなった。憎み合っている両親と、彼の両親のように、互いに相手のことしか見えていない両親。どちらかを選ぶとしたら、クープは後者を選ぶだろう。ブリストルの母親の恨み、憎しみ、怒りは、彼女を傷つけたとしか思えないからだ。ひとりの決断が周囲の人間の人生を変えてしまうのは、あまりにも悲しい。さいわい、ブリストルは母親の過ちから学んだ。

ランチのことを思い出して、クープは思わず笑みを浮かべた。ラミラーは瞬く間にきれいにたいらげてしまった。ブリストルは、ゆっくり食べないとおなかが痛くなると何度も注意するはめになった。昼寝の時間だと言われても、ララミーはぐずることなく、クープに手を振った。だがその前に、目が覚めたときもまだいるかどうか尋ねた。クープが答えるよりも早く、ブリストルは息子に言い聞かせた。パパはやることがあるから期待したらだめよ、と。あれはそろそろ帰ってほしいという意味だったのか？

クープはそうでないことを願った。上官には、クリスマス休暇を取得してニューヨークに滞在する予定だと伝えた。昨晩、ブリストルに言ったように……できるかぎり息子と一緒に過ごすつもりだった。

「ベッドに入るなり寝ちゃったみたい。どうやって疲れさせたの？」リビングに戻ってきたブリストルが笑顔で尋ねた。

クープは彼女に目を向け、ジーンズでも体のラインがはっきりとわかることに気づいた。ジーンズ姿でこれほど男を刺激する女性は多くないだろう。激しく性欲をかき立てるほど。好むと好まざるとにかかわらず、パリでの行為を思い出させるほど。いとも簡単に通じ合ったことを。互いにはてしなく求め合ったことを。

やっとのことで会話に意識を戻すと、クープはにやりとした。「かくれんぼをしたがったんだ」

「まあ。あらかじめ言っておけばよかったわね」

別の意味で、そうしてくれれば助かった。そうすれば、隠れてはいけない場所を事前に決めておくことができた。実際には、いっさいルールを定めなかったため、ララミーは母親の寝室でちょうどいい隠

「場所を見つけた。

おかげで彼女のベッドを目にしてしまった。パリで使っていたものだ。その上でふたりがどんなことをしたかを残らず思い出さずにはいられなかった。

寝室に足を踏み入れずに済むように、どうにかララミーを説得して出てこさせたことは黙っていた。交渉は難航し、いつか公園に連れていくことでやっと合意に至った。

ブリストルが椅子に腰を下ろした。自分がここに来たのは彼女のためではなく、息子のためだ。どれだけふたりのすばらしい思い出があろうと、パリでどんなに必死に彼女を捜そうと、いまどれほど彼女に魅力を感じていようと、ララミーのことを第一に考えなければならない。

大事なのは息子との関係だけだ。つまり、これまで避けてきた問題を話し合う必要がある。

単刀直入に言おうと決めて、クープは切り出した。

「さっそくだが、話をしよう」

最後の任務が終わって八カ月になるが、そのあいだずっと、祖父母から受け継いだラレドの牧場を管理するための人材探しに追われていた。

〈クーパーズ・ベンド〉は世界で最も気に入っている場所で、退役後は移り住んで終《つい》の棲家《すみか》とするつもりだった。最低勤務期間の二十年に達すれば退役資格を得る。十八歳で軍に入隊したクープは、三十八歳まで勤めればいい。つまりあと六年だ。その後は、祖父と同じく牧場経営に専念するつもりだった。

だが、いま移住を検討するのもいいかもしれない。敷地面積は二百五十ヘクタール以上あり、広さはじゅうぶんだ。楽しい子ども時代の思い出がたくさん詰まったあの牧場を、ララミーにも見せてやりたい。もう少し大きくなったら、馬にも乗れるだろう。

「ええ、確認して、決めておきたいことがいくつかあるわ」ブリストルが彼の考えを遮った。

「よし。まずは何だ？」クープは尋ねた。

彼女は一瞬ためらってから言った。「前にも言ったけど、ララミーに関してはあなたに何も求めないということ」

何度言われても、それは受け入れられない。「それには反対だ。ララミーに対しては俺にも責任がある。だからきちんと果たしたい」ブリストルが言い返そうとしたが、クープは手を上げて制した。「交渉の余地はない。きみがひとりでララミーを育てていけるかどうかも関係ない。俺が我が子の幸せを気にかけないような男だと思うか？」

ブリストルは答えずに、目をそらして床に視線を落とした。おそらく反論する方法を考えているのだろう。だが彼女がどれだけ考えようが、クープは決心を変えるつもりはなかった。唯一の孫として、父方と母方の祖父母から信託財産を相続した。さらに、両親は彼が三十歳で保険金を受け取れる積立保険に入っていた。どちらもまだ手をつけていない。そうした財産と牧場に加え、クープは両親が三十五年前のハーバード大学卒業と同時に設立した〈ＲＣＣマニュファクチャリング〉の後継者でもある。つまり、息子の養育費を出さないなどということは考えられなかった。実際、すでに弁護士にも連絡をとっていた。ララミーを自身の相続人として、あらゆる書類に記載するつもりだった。

「お互いに歩み寄るのはどうかしら」やっとのことでブリストルは提案した。

クープは眉を上げげた。「具体的には？」

「あなたは、あの子の将来のために、たとえば大学進学資金を貯蓄する。私は当面の生活費を賄う」

クープは首を振った。「だめだ。それも賛成できない。俺はいまも将来も自分の子どもを養いたい」

ブリストルの美しい顔がしかめっ面になる。「どうしてそんなに頑固なの？」

彼も顔をしかめた。「それはこっちの台詞《せりふ》だ。子どもと離れて暮らす父親には、養育費を支払う義務がある」

「でも、通常は十八歳になるまででしょう。私は十八から支払ってほしいと頼んでいるだけ」

そもそもこんな話をしていること自体、クープには信じられなかった。ほとんどの女性は男性からの金銭的援助を求めるものだ。何か見落としていることがあるのか？「ひとつ訊《き》きたいんだが」

ブリストルはゆっくりと気乗りしない様子でうなずいた。「どうぞ」

「きみは十六歳でお父さんに会ったと言ったな。どんな人かは知らないが、きみが十八になるまで、お父さんは何も援助してくれなかったのか？」

ブリストルは身をこわばらせた。「パリの芸術学校の授業料を全額払ってくれたわ」

そうした学校の授業料は安くないはずだ。「それだけか？ 娘が十八になるまで待っていたのか？」

「そんなことはないわ」

「だったら、なぜ俺にはそうさせようとするんだ？ 俺にとっては当然のことなんだ。血を分けた子どもを養って自分の役目を果たす。だから、頼むから考え直せなどと言わないでくれ」

ブリストルはクープの視線を受け止めた。その目に浮かぶ断固とした表情は、彼がけっして譲る気がないことを物語っていた。海軍特殊部隊《ネイビー・シールズ》でどれだけの報酬を得ているのか知らないが、彼にはもっと有益なことにお金を使ってほしい……。

たとえばどんなことに？

ふいに気づいて、ブリストルははっと息をのんだ。クープにとって、息子の面倒を見る以上に有益なことはないのだろう。お金の問題ではない。彼女の息子はいまではクープの家族であり、そばにいるだけでなく、息子を幸せにしてやりたいと思っている。クープにとっては、そのために力を尽くすことが大事なのだ。ブリストルはやっと理解した。

彼はずっとそう主張していたのに、なぜ私は耳を貸さなかったのかしら？　母と同じように、自立すると決意したからだろう。けっして誰にも頼らないと。クープが息子の人生に物理的に関わるのは構わない。でも金銭的に関わることは阻止しようとしていた。隙あらば養育費の支払いから逃れようとする男は多い。クープはそういう男性ではなかった。

父と同じく。

クープの言うとおりだ。ランダル・ロケットは、父親となるために娘の十八歳の誕生日まで待つことはなかった。すぐさま関わりを持ち、瞬く間に自分の姓を名乗らせ、実子としてあらゆる権利を与えた。自宅に迎え入れ、生活をともにした。

西海岸へ移り住み、転校して友人をつくり直すことにはなったものの、ロサンゼルスで父と暮らすのは楽しかった。一緒に時間を過ごすだけで貴重な経験だった。父は何ひとつ不自由がないように取り計らってくれたが、最も大事なのはふたりの時間だった。それ以外はどうでもよかった。

「わかったわ」ブリストルはようやく口を開いた。

「何がだ？」

彼女は大きく息を吐き出した。「ララミーを育てるための費用は折半しましょう」

「無理に喜んでみせることはない」

目を細めて見ると、彼の口元に笑みが浮かんでいた。からかっているのだ。安堵《あんど》の息をつくと、ブリストルは言った。「意地を張っているわけじゃないの。ただ、ララミーが生まれたとき、あの子が私のすべてで、あの子が頼れるのは私しかいないと気づいた。あなたは死んだと思っていたから。この二年間、そうやって生きてきた。何を決めるにも、まずはあの子のことを考えた。出版社を辞めて、画家に専念しようと決心したときも。さいわい、生活には困っていないわ」父の作品に対して、毎月驚くほどの借用料が支払われていることは言わなかった。「私はシングルマザーの母に育てられた。母は一生懸命働いて、けっして無駄遣いしなかったわ。だから、本当に必要なものを手に入れることと、なくても困らないけれど欲しいものを我慢することの違いはわかる」

彼女は言葉を切ってから続けた。

「あなたにララミーの将来の費用をお願いしたのは、それが私の父が母に対して最も腹を立てたことだったから……私の存在を隠していたことを除けば。母は私の将来の費用をじゅうぶん用意していなかった。おかげで、母のせいではないと説明しなければならなかった。私のために大学進学費用を貯《た》める余裕はなかったの。母は教師で、数十万ドルも稼ぐ技術者ではなかった。それに奨学金の返済も抱えていた。それでも閑静な住宅街のすてきな家で暮らしていたわ。それなりにいい暮らしだったと思う」ブリストルはほほ笑んだ。「母は言ってたわ。私たちはチームで、それはずっと変わらないと。幸せだった。満足していた。当時は。よりよい生活があるなんて想像もしなかった。人生はもっと複雑なものだと知ったのは、ずいぶんあとになってからだった」

クープはうなずいた。「子育ての金銭的な面については、もうきみひとりで悩む必要はない。そのために俺がいるんだ」そして彼は前屈《まえかが》みになり、両腕を腿に置いた。「今日は、帰る前にもうひとつ話し合うべきことがある」

ブリストルは眉を上げた。「もうひとつ?」

クープは彼女の目を見つめた。「偽装結婚の件を」

11

ブリストルの目に浮かんだ表情を見ると、どうやらその厄介な問題を忘れていたようだ。彼女には申し訳ないが、クープははっきりと覚えていた。自分の妻だと主張する女性のことは、忘れたくても忘れられない。

「事情は説明したわ」弁解するような口調だった。

クープは身を乗り出した。「ああ。だが、だからといって話し合う必要がないわけじゃない。俺が死んだと思っていたときには何とでも言えたかもしれないが、ご覧のとおり、ぴんぴんしている」彼女が何も言わないので、クープは尋ねた。「きみはどうするべきだと思う?」

ブリストルは肩をすくめた。「どうにかしないといけないの? 真実を知っているのは、私の親友のディオンヌと、当時裁判所で働いていた彼女の夫のマークだけよ」

「だが、嘘《うそ》であることに変わりはない。嘘というのは、思いもよらないときに悩まされるものだ」

彼女が立ち上がり、落ち着きなく歩きはじめた。ジーンズに包まれた腿が動くのを見て、クープはあのあいだに身を沈めたときのことを思い出さずにはいられなかった。彼女を味わったときの記憶をたどらずには。全身をまさぐったときの。彼女の体の隅々までが目に浮かぶようだった。

ふいにブリストルが足を止めて振り向いた。

「あなたはどうしたいの?」彼女は尋ねた。

いまは二階の寝室へ行き、愛を交わしたかった。パリでのあの三日間を再現したかった。あれが夢ではなかったと、覚えているとおりにすばらしい時間だったと確かめるだけの理由であっても。

「選択肢はふたつしかない。離婚したことにして偽装結婚を終わらせるか、実際に結婚するか」

ブリストルは戻ってきて腰を下ろした。「結婚する理由はこれっぽっちもないわ。だから離婚したことにするのがよさそうね。別れることにしたって言うだけでいいんですもの。書類も必要ない」彼女は満面の笑みを浮かべた。「そうよ。それが簡単でいいわ」

「そう簡単にはいかない」

ブリストルは眉を上げた。「どうして？」

あごの筋肉がこわばる。「結果として、きみは何の非難も受けないが、俺は悪者にされるだろう。二年近く妻と子どもをほったらかしにした挙句、いきなり離婚するんだからな」

その辛辣な言い方に、ブリストルは眉を吊《つ》り上げた。彼が自分の置かれている立場に満足していないと気づいたのだ。「でも、なぜそうしたのかは説明したでしょう」

「そして今度は安易に解決しようとしている」

なぜ彼女を責めているのか、クープは考えた。周囲にどう思われようと、ちっとも構わない。誰も自分のことを知らないのだから。違う、心配しているのは息子のことだ。ララミーが大人になったら、どんな噂《うわさ》を耳にするだろう。そして、それを信じてしまったら？　どれだけふたりで充実した時間を過ごそうと、いつかララミーは、最も大事な時期に父親がそばにいてくれなかったことを恨むかもしれない。ブリストル自身、父親の状況を知らなかったときに、同じように感じたのではなかったか。

だが、それだけではない。ふいにそう考えた理由がもうひとつあることをクープは認めた。それは、どうしても振り払うことのできない記憶のせいだった。最初からブリストルに感じていた魅力。パリで互いに屈した、激しい性的な引力。

将来、ブリストルが別の男性と出会って結婚するようなことになったら？　そうしたら息子との関係はどうなるのだろう？　一番に愛情が向けられなくなってしまうのか？　自分も一番に愛情を注げないのか？　それを阻止する方法はあるだろうか。そんなことを望むのは身勝手なのか。

「クープ？」

彼は瞬《まばた》きをした。ばかげた考えが頭の中を駆けめぐっているあいだ、ずっと彼女を見つめていたのだろうか。そもそも、ばかげているのか？　クープはまっすぐに彼女を見つめた。いや、ばかげてなどいない。分別はないかもしれないが、ばかげてはいない。このふたつは別物だ。

ブリストルがふたたび彼の名を口にすると、クープは答えた。「何だ？」

「大丈夫？」

いまの彼にはいい質問だ。俺は大丈夫なのか？

彼女に対してクープは言った。「俺たちが相手のことをほとんど知らないと、いま気づいたんだ。パリでは互いに自分のことを話さなかった」

「そもそも話をしなかったわ」ブリストルはとっさに言った。思わず口をすべらせてしまったようだ。だが構わない。そのとおりなのだから。彼女のホルモンと自分のテストステロンが昼夜を問わずほとばしり、とにかくふたりのあいだに流れる欲望を満たすことしか頭になかった。クープは彼女のことを、ブリストルも彼のことを、知りたいとも思わなかった。あの三日間は快楽が何よりも重要で、ともに心ゆくまで楽しんだ。

「ああ、しなかった」クープは認めた。「その結果として、息子がいる。俺はきみのことが知りたい」

「どうして？」

「きみは俺の子どもの母親で、知らないことがたくさんあるからだ」

ブリストルはあごを上げた。「気にしないで。あなたに知っておいてもらいたいのは、私があの子を愛していて、あの子のことを第一に考えて、この先ずっと世話をするということだけ」

知る必要があるのは本当にそれだけなのだろうか。そうかもしれない。だが、そうではないかもしれない。数日前、何も考えずにニューヨークへ来た。できるだけ早くカリフォルニアに戻ることしか頭になかった。ところが、いまは状況が変わった。自分には息子がいる。血を分けた本物の息子が。そして偽の妻もいる。このうえなく欲望を抱かされる唯一の女性。ブリストルほど瞬時に、そしていとも簡単に情熱を燃え立たせられる女性はいなかった。

「本当にそれだけでいいのか？」クープはようやく先ほどの彼女の言葉に応えた。「俺はきみのことが知りたい」

ブリストルは眉をひそめた。「その必要はないわ」

「いや、ある。そして、きみに俺のことを知ってほしい。ララミーにも。それに祖父母とも交流を持ってほしい」

「異存はないわ」

そうかもしれない。だが、すべて彼女の思いどおりになるのか？　俺がいなくなったとたん、あのカルペッパーが現れ、また彼女のまわりをうろつきはじめたら？　そう考えて、クープは口を引き結んだ。

「訊《き》いてもいい、クープ？」

彼はブリストルを見た。「ああ」

「息子がいることをどう思ってる？　いままで存在を知らなかった息子が」

できるだけ正直に答えたくて、クープはその問いについて考えた。「子どもは昔から大好きだ。マックの四人の子にも懐《なつ》かれていて、〝クープおじさん〟と呼ばれている。だが正直なところ、自分の子どもを持つつもりはなかった。そもそも結婚を考えていなかったからだ。結婚をせずに子どもを持つとは夢にも思わなかった。だが、実際にララミーはここにいる。あの子を見て、きみとのあいだに生まれた息子だと思うと胸がいっぱいになる。自分とは無縁だと思っていた感情がこみ上げてくる。もう俺ひとりの問題ではない。

ブリストルは唇を引き結んだ。「私のことなんだ」

ブリストルは唇を引き結んだ。我が子ときみのことなんだ」

納得できなかった。クープにとっては、彼女と息子は切り離すことができなかった。だが、そう思っているのは彼だけで、ブリストルは違うようだ。とはいえ、いまは説得しても無駄だろう。偽装結婚については、あらためて話したほうがいい。

「次はいつ来てもいいか？」

「いつでも歓迎よ。あなたはララミーの父親で、さっきも言ったとおり、あなたたちが関係を築くのを邪魔するつもりはないわ」

だが将来、彼女が結婚することがあれば、未来の夫は邪魔するかもしれない。クープはそうした事態は避けたかった。「今夜、きみとララミーを食事に連れていきたい」彼は提案した。

「食事？」

「そうだ。何か問題でも？」

「いいえ。でも、ララミーはマクドナルド以外、連れていったことがないの」

息子にとって初めてのレストランに自分も一緒に行けるのだと考えると、クープは胸が躍った。「何ごとにも最初はある。そう思わないか？」

ブリストルは前にも同じ言葉を聞いたことがあるのを思い出した。パリで彼に服を脱がされ、自宅に男性を招き入れたのは初めてだと打ち明けたときだ。

「だから、今夜三人で行くのはどうだろう？」

「どこに？」

「きみが決めてくれ」

ブリストルは息を吸いこんだ。食事に行くのも悪くないかもしれない。「ララミーはスパゲッティが大好きで、この近所にイタリア料理店があるわ」

「俺もスパゲッティは好きだ。きみさえよければ、そこにしよう」

「早めの時間なら。帰ってきてからララミーをお風呂に入れて、八時までには寝かしつけたいの」

クープはうなずいた。「それなら予約は五時でいいかな？」

「ええ。どっちにしても、いつもの夕食の時間だから」

ララミーについての取り決めを交わさなければならないときに、なぜクープの唇に目を奪われているの？　なぜ魅惑的な目に見とれているの？　男らしい体に。これまで数多くの男性を見てきたけれど、こんなふうに目が釘《くぎ》づけになったことはない。なぜ彼は違うの？　ブリストルはその答えを知っていた。何よりも、あの唇の感触を知っているからだ。

あの目に見つめられ、欲望がとめどなくあふれ出るときのざわめきを知っている。あの男らしい体のすべてを知っている。組み伏せられたらどう感じるか。のしかかる重み。彼が中に入ってきたときの感覚。息が荒くなり、ブリストルは視線をそらした。

「大丈夫か？」

大丈夫だと思いたかったが、正直、自信がなかった。偽装結婚の件は結論が出ておらず、いつの間にか話が尻すぼみになっていた。だが、いまは話し合いたくなかった。いずれにしても、彼は間違いなく続きを再開するだろう。

それよりも、昨晩から訊きたいと思っていたことがあった。「大丈夫よ。だけど、ずっと気になっていたことがあって」

「何だ？」

「あなたの友だちのこと。パリで会ったときに一緒にいた、あの四人。マック、ベイン、バイパー、フリッパー。みんな元気？」

クープの口元に笑みが浮かぶ。「ああ、元気だ。覚えていたとは驚きだ」

「とてもすてきで」ブリストルはくすりと笑った。「印象的だったから。みんな感じがよかった。ひょっとしたら、あなたと一緒に捕まって、命を落としたのかもしれないと心配だったの」

「いや、それどころか、彼らが中心となって俺を救出してくれたんだ。マックは、きみと会ったときにはすでに結婚していたが、いまも夫婦で仲よくやっている。ベインは別居中の妻とやり直すことにした。バイパーも結婚したよ」

「本当？」

「ああ、とても幸せそうだ。ことあるごとに見せつけられている。フリッパーはあいかわらずだ。気楽に独身生活を謳歌《おうか》している」

「みんな元気でよかったわ。あなたが亡くなったと聞いたとき、彼らのことが気になって。あなたたち五人はいまでも仲のいい友人どうしなのね」

「ああ。むしろ昔よりも絆《きずな》が深まった。捕虜になっているあいだも、彼らが見つけて助けてくれると心のどこかで信じていた。そして、実際そのとおりになった。非番のときも連絡をとり合っている。ゆうべも、きみに再会したことを報告した」

「そうなの？」

「ああ。みんな、きみのことを覚えていた。息子がいることも伝えたら喜んでくれたよ」

クープは頭を傾け、じっと彼女を見つめた。その射抜くような視線に、ブリストルは胸の前で腕を組みたい衝動にかられた。胸の頂が硬くなっているのがわかる。

「ずっと考えていた。あるいは違う状況になっていたかもしれないと。きみは産まない道を選ぶこともできた」彼が言った。

その言葉が意味することはわかっていた。「私には産まないという選択肢はなかったわ。確かに自分が母親になるとは夢にも思っていなかったけれど、妊娠に気づいたときには産むとわかっていた。あなたに手紙を書いたときは、どんな返事が返ってくるのか見当もつかなかったわ。でも、そんなことはどうでもよかった。あなたに知らせるのが当然だと思っていたから。とにかく、ひとりで産んで育てる覚悟だった」

「だが、もうその必要はない。いまは俺がいる」

いつまで？　ブリストルは心の中で問いかけた。

彼はいまでも海軍特殊部隊《ネイビー・シールズ》の一員で、いつ任務に召集されるかわからない。そして戻ってくる保証もない。すでに一度、死亡の知らせを突きつけられた。

もう二度とあんな思いはしたくない。だから、彼を愛してはいけない。でも、どうしたら愛さずにいられるの？

「そろそろ帰るよ。きみもラミーが寝ているあいだにいろいろやることがあるだろう。四時半に戻ってくる」

「わかったわ」

玄関まで見送ろうと歩きかけたが、クープは動かなかった。じっとこちらを見つめている。正確には口元を。ブリストルは気づいた。感じた。ふいに唇が熱く、敏感になる。

口を見られないように背を向けるべきだとわかっていた。けれども、無理だった。熱いまなざしを注がれて、どうすることもできなかった。

彼が一歩前に出た瞬間、その意図を察したものの、ブリストルは後ろに下がらなかった。下がれなかった。あたかもその場に釘づけにされたかのように。

気がつくと、クープは目の前に立っていた。荒々しい顔つきで、突き刺すような視線を向けて。

「何度もきみのことを考えた、ブリストル。捕虜になっていた十一カ月のあいだに」

その言葉に胸が高鳴る。私のことを考えてくれたの？「本当に？」

「ああ。きみのことを考えていたおかげで正気を保つことができた……とりわけ拷問の最中には。目を閉じて、きみと何度も愛を交わしたことを思い出した。何度となくキスしたことを。あの三日間で、俺たちは数えきれないほどキスをした」

そのとおりだった。文字どおり体じゅうにキスをした。だが、その記憶にすがったのはクープだけではなかった。どれだけ想像しても、彼ほど過酷な状況ではなかったにせよ、自分の子どもが、ふたりの子どもがおなかを蹴ったり動いたりするたびに、ブリストルは彼のことを考えた。彼の死を嘆いた。涙を流した。それと同時に、彼の子を授かったことに感謝した。

「きみにキスせずにはいられない」かすれた声に、ブリストルは我に返った。「呼吸せずにはいられないように」

彼女もクープにキスをせずにはいられなかった。そのことにショックを受けた。どれだけ自立したいと思っていても、キスをせずにはいられない。先ほどの彼と同じくらい強い視線を彼の口元に注ぐ。この熱くなった体を彼にゆだねたかった。

にじみ出る彼の男らしさに、これ以上抗《あらが》うことはできなかった。

「いいわ」ブリストルはささやいた。最初に動いたのは彼女だった。爪先立ちになり、彼に身を寄せて、唇を重ねた。

12

クープは彼女を抱きしめて主導権を握った。舌が触れ合い、かつての情熱がよみがえった瞬間、溶岩のごとき熱があふれ出て全身を包みこんだ。

体が目覚める。いまや感覚が研ぎ澄まされ、疼《うず》くほどの深い渇望に満たされていた。だが同時に、その渇望は彼の中で暴れる野獣をなだめた。ブリストルの魅力が他のどんな女性もかなわないことを認めさせた。

彼女のキスが自分と同じくらい貪欲だとは思ってもみなかった。その衝動が同じくらい抑えがたいとは。舌が絡み合い、徐々にエネルギーの火花が激しくなる。最初から彼女は違うと気づいていた。ただ、みずからの人生で彼女がどんな役割を果たすのかは知らなかった。いつか彼女が我が子の母親となるとは夢にも思わなかった。

ふたりとも息が苦しくなってきた。クープはゆっくりとキスを終わらせ、かすれたうめき声とともに唇を離した。それでも彼女に触れていたくて、舌先で美しい唇の端から端までをなぞり、あごを彼女の耳にこすりつけた。

両手を下ろしたが、その指がいつ彼女の髪に埋もれたのか思い出せなかった。髪がやや乱れ、このうえなくセクシーだった。キスで腫れた唇を見て、自分がどれだけ彼女を欲しているか、あらためて思い知らされた。欲望が脈打ち、下半身が岩のように硬くなる。

クープは一歩下がった。そうしなければ、このまま彼女を抱え上げ、先ほど入るのを拒んだ二階の寝室まで運んでいきそうだった。「四時半ごろに迎えに来る」

そう言い残して、クープはドアへ向かった。振り返らずに出ていくつもりだった。しかし誘惑は強すぎた。抗《あらが》いきれなかった。彼は足を止め、肩越しに振り向いた。ブリストルの立ち姿は見たことがないほど美しかった。その目には炎が燃えていた。

体の奥が欲望に疼き、やっとのことで震える息をのみこんだクープは、どうにか外へ出てドアを閉めた。

ブリストルは息を吐き出すと、両手に顔を埋《うず》めた。私はいったい何をしたの？　何を始めたの？　あのキスで我を忘れてしまった。いいえ、そのずっと前から平静を失っていた。今朝、クープが家に入ってきた瞬間から、性欲がざわめきはじめた。

呼吸を止められないのと同じくらいに、体が惹《ひ》かれ合っていることは否定できなかった。そして今日、つい先ほどリビングで、ふたりとも抑えこまれた欲望を解き放った。体が彼に気づき、彼を欲し、彼を求めて疼いた。目を閉じると、こみ上げる渇望にまたしても感覚が麻痺《まひ》しそうになる。

目を開けて、何とかこらえた。そのとき携帯電話が鳴り出した。誰かしら？　ひょっとしてクープ？　でも、まだそれほど遠くまで行っていないはずだ。気が変わって、食事をキャンセルすることにしたのかもしれない。

ジーンズの後ろポケットから携帯電話を取り出すと、かけてきたのはクープではなくマージーだった。ブリストルは慌てて出た。「もしもし？」

「大丈夫？　何だか呼吸が乱れているけど」

彼女はごくりと唾をのんだ。本当に？「何でもないわ」

「じきに元夫になる相手と、どうなったかと思って電話したの」

ブリストルは困惑して眉をひそめた。「じきに元夫になる相手？」

「そうよ。悪意の遺棄を理由に離婚できるわ。いい弁護士を紹介してあげるから」

「悪意の遺棄？」

「ええ。まさにそれに該当するでしょう。あなたは彼が死んだと思っていた。確かに軍の手違いがあったとはいえ、彼があなたを大事に思っていたなら、たとえ子どものことは知らなくても、あなたは妻なんだもの、手を尽くして捜し出すべきだったわ。いまになって現れても手遅れよ」

マージーの言い方は気に障ったが、彼女は事情を知らないのだ。「私たちには解決すべき問題があるの」

「何を解決するというの？　スティーブンと話したら、亡くなったはずの夫が現れたことを心配していたわ。だけど、あなたとララミーがよりを戻すことはないと伝えて安心させておいた」

ブリストルは怒りに身を震わせた。クープの言ったとおり、マージーは誤解している。すべては自分のせいだ。それでも、スティーブンに余計なことを話す権利はないはずだ。

「悪いけど、用事があるの」電話を切るか、関係を切るかのどちらかだ。ブリストルはそれほど怒っていた。

マージーは間を置いてから言った。「腹を立てているようね、ブリストル。その相手が私ではなく、彼だったらいいけれど。あなたが夫を愛していたのは知っている。いまでも情が残っているのも無理はない。だけど、あなたを捜しに来なかった男のために、スティーブンとのチャンスを棒に振るのはどうかしら」

ブリストルは思わずかっとなった。「何度言ったらわかるの？　スティーブンには興味がないの。じゃあ、さようなら」

彼女は電話を切った。

ホテルの部屋のドアが閉まるなり、クープは深いため息をついた。何て一日だ。息子との楽しい朝食から始まって、ランチ後にブリストルにキスをして終わった。彼女の口をいくら味わってもじゅうぶんではないと言わんばかりのキスだった。

クープは唇を舐《な》めた。まだ満足していなかった。女性の味が味覚を狂わせ、他の感覚を遮断するようなことがあるとは知らなかった。今日、初めて気づいた。ただ、どうしても理解できなかった。あの三日間を彼女と過ごしてから、新年の街に繰り出すために仲間のもとへ戻ったときには何ともなかった。彼女にすっかり心を奪われたわけではなかった。

それでも彼女のことは考えていた……。

捕虜になってからは、なおさら。頭の中が快楽で満たされていれば、苦痛を消し去ることができた。拷問にかけられるたび、ブリストルのことを考えた。

いま、彼女に心を奪われているのはそのせいなのか？　幾度となく考えたために、パリでともに過ごした時間の記憶が自身の一部となっているのだろうか。クープは顔をこすった。あれこれ考えすぎかもしれない。

ジャンパーを脱ぎかけたとき、携帯電話が鳴った。馴染《なじ》みのある着信音だ。ベインからだ。クープはポケットから電話を取り出すと、笑いながら言った。

「三つ子がいるのに、最近はやけに暇そうじゃないか」

ベインも笑った。「大家族の恩恵を受けているのさ。誰もが手を貸したがるんだ。それで、おまえの息子のことを話したら、みんな大興奮で写真を見たがっている。何枚か送ってもらえないか」

「いいとも。今夜、一緒に食事に行くから、そのときに撮るよ」

「よかったな。ところで、偽装結婚の件はどうするんだ？」

それについて話したときのことを思い出して、クープは首の後ろをこすった。「俺と同じく、ブリストルも結婚は望んでいない。だが、いまはララミーのことを考える必要がある。彼女は、離婚することにしたと言えばいい、と提案してきた。そうすれば彼女は偽装結婚から解放される。それが手っ取り早い方法だと考えているんだ」

「おまえはそれでいいのか？」

クープは袖椅子に腰を下ろした。「いや。だが、俺も結婚するつもりはない。少なくとも息子に会うまではそうだった。最初は、独身のまま父親になっても大したことではないと自分に言い聞かせていた。いずれにしても任務でほとんど不在だ。だが、近くにいるときのことを考えるようになった。彼女が別の男と付き合いはじめて、そいつが俺が子どもと会うことに難色を示したらどうなる？」

「弁護士を雇って面会交流権を請求できる。だから、それに関しては問題ないはずだ。だが、それだけではないような気がするのはなぜだ、クープ？」

それだけではないからだ。こういうときには、ベインが自分のことを知り尽くしているのが少々煩わしい。ベイン、バイパー、フリッパーとは海軍兵学校の同期だった。マックだけは先輩で、ずいぶん長いあいだ兄貴風を吹かせていたものだ。

クープはチームの全員と親しかったが、とりわけ学生時代にルームメイトだったベインとは深い絆《きずな》で結ばれていた。

「確かに、それだけではない」彼はようやく言った。「ブリストルのことだ」

「彼女がどうした？」

「新たな魅力に気づいたんだ。美しいだけでなく、強情で、自立心が強くて、ララミーにとってすばらしい母親だ」

「どうやら惚《ほ》れ直したようだな」

クープは袖椅子の背にもたれた。「正直、惚れていなかった時期はない。前にも話しただろう。シリアでは絶えず彼女のことを考えていて、彼女との思い出のおかげで正気を保っていられたと」

「そのことを彼女に話したのか？」

「ああ」

「退院してから、彼女に会いたくて、まっすぐパリへ向かったことは？」

「まだだ。いつか話そうと思っている」

「女性は、自分のことを考えてくれていたと知ったら喜ぶものだ」

それからふたりはもう少しだけ話をした。電話を終えると、クープは腕時計を見た。両親にも電話をかけなければならない。そして弁護士に連絡する必要もある。そのあとでホテルのフィットネスジムへ行き、ブリストル特製の朝食やランチのカロリーを消費するつもりだった。

もう一度、あのキスのことを考える。ベインに話したのは本心だった。彼女の新たな魅力に気づいた。関心があるのは息子との面会交流権だけではない。息子の母親との面会交流権も考えていた。彼女が別の男と結婚すると想像しただけで冷静ではいられなかった。

それほど動揺するのなら、おまえが彼女と結婚すればいい。

何てことだ。なぜとつぜんこんな考えが頭に浮かんだんだ？　俺を知る者なら皆、結婚には向かない男だと証言するはずだ。自由を謳歌《おうか》している。誰かに合わせるのではなく、気の向くままに行動することを楽しんでいたい。そして……。

息子を愛している。

彼は唇を固く結んだ。確かに息子を愛している。だが、それがブリストルを欲することとどう関係があるんだ？　ふいにその答えがわかった。息子への愛情がすべてに影響するのだ。息子の母親にまで。

クープは苛立《いらだ》たしげにうめき声を漏らした。実際に結婚することを提案したが、即座に断られた。そのときは何とも思わなかった。彼自身、そうすることがいいとは思っていなかったからだ。

だとしたら、なぜいまになって蒸し返している？　またしても答えは同じだった。息子を愛しているからだ。

両親も愛している。海軍特殊部隊《ネイビー・シールズ》の仲間も兄弟同然に愛している。だが、息子に対する愛情は自分でも驚くほどで、今日は何度も手を止めて、すべてが夢ではないことを確かめずにいられなかった。

あの小さな顔は自分とそっくりだった。次に女の子が生まれたらブリストルに似るだろう。そう考えて、クープははっとした。

いったいどういうつもりだ？　娘？　ブリストルとのあいだの？　何てことだ。

クープは立ち上がり、その場を行ったり来たりしはじめた。そんなことを考えるなんて、どうかしている。気をしっかり持たなければならない。

今日、彼女と息子を切り離して考えるべきではないと決めたのではなかったか？　だが、あれはあくまで金銭的な援助で、それ以上の意味はない。本当に？　だったら、なぜこんなばかげたことを考えているんだ？　金銭的な問題以外のことを。結婚のことを。

それは彼女が欲しいからだ。欲しいだけだ。愛してはいない。

愛はまったく関係ないとわかっていた。ブリストルをどう思っているにせよ、それは単に体に関することだった。今日のキスがその証拠だ。そして、つねにふたりを包みこむ性欲の炎も。自分たちはそういう関係だと割り切ることに戸惑いはなかった。彼女も同じにちがいない。

クープは立ち上がると、時間を確かめた。フィットネスジムへ行き、積もりに積もった欲求不満を晴らす必要がある。彼女を迎えに行くころには、いくらか平常心を取り戻しているだろう。

13

「パパ、またくるの？」

明らかに興奮した口調だった。昼寝から目を覚まし、クープがいないことに気づいて、ララミーはがっかりした。クープはまた戻ってきて、みんなでスパゲッティを食べに行くことをブリストルが告げると、小さな目にきらめきが戻った。

玄関のベルが鳴ったとたん、ララミーはうれしそうに飛び跳ねた。そして玄関へと向かう母のすぐあとについてきた。すっかり出かけるつもりでいる。

認めたくはなかったが、それはブリストルも同じだった。先ほどのキスのせいで、まだ唇がひりひりして、彼のことを考えただけで絵を描く手が止まってしまう。

このままではよくない。もっとしっかりしなければ。きちんと気持ちを整理する必要がある。そうすれば、あのキスを引きずることもないだろう。

ドアスコープからのぞくと、やはりクープだった。ハンサムで、いかにも誇り高きテキサスの男だ。ブリストルはドアを開け、顔を上げて彼を見た。けれども何も言わないうちに、ララミーが脚のあいだから顔を出して言った。「パパ、なんでぼくをおいてったの？」

いまにも泣き出しそうな声に、クープが手を伸ばしてララミーを抱き寄せたのも無理はない。ブリストルはわきへ寄って彼を通した。こんなにもすぐにララミーがクープに懐《なつ》いたことに驚きを隠せなかった。

「この子の上着を取ってくるわ。そうしたら出かけましょう」ララミーがソファに座ると、ブリストルは言った。

「急がなくてもいい」クープは彼女を見やった。「時間はたっぷりある」

ララミーにあの悲しげな茶色の目を向けられるたびに感情移入していたらきりがない、ブリストルはそう言いかけた。それにクープの仕事柄、ララミーに会えないことはたびたびあるだろう。ここはクープの家ではない。彼がどこに住んでいるかは知らないが、ここでないことは確かだ。

ララミーの上着を取りにコート掛けまで行くあいだに、クープが息子に言い聞かせる声が聞こえてきた。彼はできるだけ正直に説明していた。「パパはあちこち行かなくちゃいけないんだ。ときには長いあいだ」

「どれくらい？」ララミーは尋ねた。「これくらい？」そう言って、短い腕を精いっぱい広げる。

「もっと長いかもしれないな」クープは自身の腕を

広げてみせた。

「ふうん」ラミーはがっかりしたように小さな唇をとがらせた。

クープは息子を抱き寄せた。「だけど、いいか、かならず戻ってくる」

ブリストルは足を止めた。それまでは黙って聞いていたが、クープの任務を考えたら、かならず戻ってくるとは約束できないはずだ。どうして守れないことをララミーに約束するの？

「どこいくの、パパ？」

「遠くだ。きみを守るために」

「ぼくをまもる？」

「そうだ。どんなときも」

ララミーはもっとあれこれ尋ねたいにちがいないが、ブリストルにはもうじゅうぶんだった。コート掛けからララミーの上着を取ると、食事から帰ってきてララミーを寝かしつけたらクープと話し合おうと決めた。

「はい」ブリストルはリビングに戻り、ララミーの上着をクープに渡した。

彼女が着せてやる必要はない。ララミーはクープにぴったりくっついて離れようとしないからだ。

「準備はできたか？」

ブリストルは自分のコートのボタンを留めると、クープをちらりと見た。「ええ」

「レンタカーを借りたんだ」そう言って、クープはララミーを抱き上げた。

「レストランへ行くためだけに？　タクシーでもよかったのに」

「しばらくニューヨークに滞在することにしたから、きみとララミーのために必要だと思ったんだ」

ブリストルは眉をひそめた。「どうして？　どこかに出かけるなら、いつもどおり地下鉄で行くわ」

「俺がいるあいだは車で移動しよう」クープはきっ

ぱり言うと、ララミーを連れて玄関へ向かった。

ブリストルはその場に立ったまま、苛立《いらだ》ちを抑えようとした。ミズ・シャーロットを別にすれば、他人に頼ることに慣れていなかった。彼の申し出を親切な思いやりとして受け入れ、何も言わないのがいちばんだ。それに、母も無駄な争いは避けるようといつも言っていた。それよりも、いま最も気がかりなのは、ついさっき彼がララミーについた嘘《うそ》だ――かならず戻ってくるという約束。

「大丈夫か?」玄関のドアを開けたブリストルに、クープは尋ねた。食事から戻ってきたところで、彼は眠っているララミーを抱きかかえていた。

「ええ。どうしてそんなことを訊《き》くの?」

「食事のあいだ、静かだったから」

ブリストルは肩をすくめ、ドアを閉めた。「もっぱらララミーの独演会だったでしょう?」

クープは笑いをこらえきれなかった。そのとおりだ。息子は間違いなく主役だった。ウェイトレスはララミーに夢中になり、年齢の割に口が達者で驚いていた。ララミーはスパゲッティをきれいにたいらげ、とてもおいしかったと言って手を叩《たた》いた。

ベインに写真を送ると約束したので、クープはウエイトレスに携帯電話を渡して撮影を頼んだ。

撮ってもらった写真は申し分なかった。三人は外食に来た家族で、一緒に食事を楽しんでいるように見えた。ベイン以外にも、チームの全員にその写真を送った。すると間を置かずに次々と返信が届いた。予想どおり、皆、ララミーがクープのミニチュア版だと驚いていた。

だが、そのあいだじゅうブリストルはほとんどしゃべらなかった。何か気になっていたのだろうか。彼が自分たちだけのためにレンタカーを借りたことに気後れしているようだったが、そのせいで機嫌が悪いとは思えない。

「二階へ連れていくんだろう?」クープは念のため尋ねた。

「ええ。パジャマに着替えさせないと」ブリストルはコートを脱ぎながら言った。「もう寝る時間を過ぎてる。思ったよりも遅くまで起きていたわ」

息子を運びながら、クープは彼女のあとについて階段を上った。左右に揺れるヒップにも背中のくびれにも気づかないようにしながら。だが、嫌でも気づいてしまう。何と言っても自分は男だ。彼女の体の隅々にまで目を凝らすことを後ろめたく思うつもりもない。

ララミーをベッドに下ろすと、ブリストルが服を脱がせてパジャマを着せる様子を見守った。ララミーは一度だけ目を開け、眠たげな笑みを浮かべた。

「ママ、だいすき」

「ママもララミーが大好きよ。じゃあ、また明日ね」ブリストルは身を乗り出して息子の頬にキスをした。ララミーはすぐに眠りに戻った。

母と子の日課にちがいない、寝る前のやりとりを前に、クープは居心地の悪さを感じた。初めて目にする、自分は加わることができないやりとりだった。本当なら息子をパジャマに着替えさせてやりたかったが、頼まれることもなく、わきへ追いやられた。

すると、ブリストルがちらりと彼を見てささやいた。「話したいことがあるの」

意を決したような口調だった。どんな内容にせよ、あまりいい話ではなさそうだ。「わかった」

ブリストルは部屋を出ていき、彼もあとに続いた。ララミーの寝る前の儀式を見て複雑な思いに駆られたものの、彼女の後ろを歩くのは楽しかった。彼女のおかげで性欲を健全に保つことができる。これまでに何度となく思ったことが、あらためて頭に浮かんだ。彼女はジーンズがよく似合う。

「コーヒー？　それともビール？」

ブリストルが肩越しに投げかけてきた問いに、クープははっと我に返った。コーヒーよりも強いものが欲しい気がする。できればビールよりもさらに強いものが。だが、とりあえずアルコールが必要だった。「ビールを」

彼女はキッチンへ向かい、クープはひとりリビングに残った。彼女の姿が見えないので、クリスマスツリーに目を向ける。心なしか、昨日よりもオーナメントが増えているようだった。きらきら輝く華やかなツリーを見つめるうちに、実家ではそうした伝統行事がいかにおざなりだったかを思い出した。両親が――正確には家政婦が――毎年ツリーを飾っていたが、見て楽しむ者がいるかどうかにお構いなく、新年まで出しっぱなしだった。

今日、電話で両親にララミーについて報告したときのことを思い返さずにはいられなかった。ふたりとも、クープが避妊に失敗したことに驚き、父は認知する前にDNA鑑定を行うよう強く勧めた。一方の母は、ララミーが本当に彼の子どもであれば、自分たちが息子に与えたありったけの愛情を孫にも注ぐつもりだと宣言した。それにはクープも苦笑せざるをえなかった。

「はい、どうぞ」

振り向くと、ブリストルからビールを渡された。冷えていたが、彼が感じたのは何気なく触れた彼女の手の温《ぬく》もりだった。ブリストルは自分の分のビールも用意していた。彼女が紅茶ではなくビールを飲むのを見るのは初めてだった。

「きみがビールを飲むなんて知らなかった」クープは彼女の片方の頰にだけできるえくぼに触れたくてたまらなかった。

「あなたが知らないことは、たくさんあるわ」

彼は答えに窮した。「話というのは？」しかたなく尋ねる。

　ブリストルは彼の前を通り過ぎて、ソファに座った。例のごとく、クープは彼女の動きを追う。隣に座りたかったが、そうすべきでないのはわかっていた。ふたりのあいだに子どもが生まれたにもかかわらず、互いの距離はあいかわらず遠かった。クープは彼女が何かに動揺しているのを感じた。話というのを早く聞きたくてたまらなかった。彼はソファの向かいの椅子に腰を下ろした。

「あなたがララミーに言ったことについて話したいの」

　クープは眉を上げた。「俺がララミーに何か言ったか？」

　部屋のランプが彼女の顔にやわらかな光を投げかけている。髪はポニーテールにまとめ、おくれ毛が輪郭を縁取っていた。たしか三年前も同じ髪型だった。ヘアゴムを外して髪を肩に垂らしたのを覚えている。いまも同じようにしたくて手がうずうずした。

「あなたがかならず戻ってくると」

「そうするつもりだ」

　ブリストルは眉をひそめた。「そんなのわからないでしょう」

　今度はクープが眉をひそめる番だった。「なぜわからないんだ？」

「だって……」

　彼は眉を上げる。「だって何だ？」

　ブリストルは両手に顔を埋《うず》め、大きく息を吸いこんでから、ふたたび彼を見つめた。その目ににじむ苦痛に、クープは胃が締めつけられた。「だって、死んでしまうかもしれないから」

　彼は何も言わなかった。死亡したと見なされていたあいだ、実際には死と背中合わせで毎日を生きていたときの光景が脳裏によみがえる。彼はつらい記憶を押しやり、ブリストルの目に浮かんだ紛れもない恐怖に集中した。いまはそれに向き合わなければならない。「確かに死ぬかもしれない。だが、それはきみだって同じだろう」

彼女は身を震わせたかと思うと、あごを上げた。「あなたと私の仕事を比べても意味はないわ。私は絵を描くだけ。でも、あなたたちは世界じゅうの重荷や国家の問題を背負っている。つねに命を危険にさらしている。違う？」

「いや、それは否定しない。だが任務に向けて出発するたびに、何が何でも戻ってくるつもりでいる。それとも、戻れないかもしれないと息子に伝えたほうがよかったのか？」

「そうじゃない。ただ、守れないかもしれない約束をしてほしくなかった。あなたの身に何かあれば、私が事情を説明することになるわ」

なぜ死ぬことを話しているんだ？　息子のおかげで、生きる理由ができた。これまで命を軽んじてきたわけではない。だが、これからは自分だけの命ではないのだ。「少し極端すぎないか、ブリストル？」

その言葉が彼女の怒りに触れたのは明らかだった。「極端ですって？　妊娠五カ月で、おなかの子どもの父親が死んだと聞かされたのは、あなたじゃないでしょう。私は、あなたまでみんなと同じように死んでしまったと思ったのよ」

彼は眉をひそめた。「みんな？　誰のことだ？」

「それはどうでもいいわ。とにかく、ララミーに守れない約束をするのはやめて」

クープも怒りを覚えて立ち上がった。「だったら、きみも同じだ。ララミーが寝るときに〝また明日〟なんて言うな。きみの身にも何が起こるかわからないだろう。睡眠中に死ぬことだってありうる」

ブリストルは目を細めた。「ばかなこと言わないで」

彼は歯を食いしばった。「それはこっちの台詞《せりふ》だ。

人生には何の保証もない。毎日、どこかで誰かが死んでいる。自分の番になったら、どうすることもできないんだ」

ブリストルは一歩踏み出して、彼の真正面に立った。「それは誰よりもあなたが肝に銘じておくべきことでしょう。あやうく死を免れた経験があるんだから」

だめだ。彼女の目を見つめながらクープは心の中で悪態をついた。こんなにいい香りがしなければ。これほど至近距離に立っていなければ。彼の視線が、あたかも意思を持っているかのようにブリストルの顔から体へと移る。怒っていても彼女は美しかった。

「何を見てるの?」とがめるような口調だ。

尋ねられたので、クープはためらわずに答えた。「きみを。今夜のきみは息をのむほどきれいだと言わなかったか?」

14

その瞬間、ブリストルは気づいた。クープに詰め寄ったのは失敗だったかもしれない。彼の死について話していたのに、いつの間に私の容姿の話になったの?

腹立たしげに腕を組んだが、彼の視線が胸に向けられるとたちまち後悔した。まるでタイミングを見計らったかのように、彼の目の前で胸の頂が硬くなる。深く息を吸いこむと、ブリストルは一歩後ろに下がった。「そろそろ帰る時間でしょう?」

「話をしたいんじゃなかったのか」クープは彼女が空けた距離を詰めた。

「今夜はもうじゅうぶん話したわ」

「本当に？　俺たちが話しても何ひとつ解決しないようだが」

「誰のせいよ？」ブリストルはぴしゃりと言った。

「連帯責任だ」彼の口の両端が吊《つ》り上がる。「だが、今夜はもうじゅうぶん話したというのは同感だ」

「よかったわ」

「こっちのほうがずっといい」気がついたときには、クープに抱きしめられ、口づけを交わしていた。

彼と触れ合ったときにしか感じない悦《よろこ》びのざわめきが全身を駆けめぐる。このまま彼を受け入れたいという欲望が押し寄せ、ブリストルは思わずまぶたを閉じた。クープの舌が差し入れられると、さっき彼が舐《な》めていたペパーミントキャンディの味が口の中に広がり、彼女は身を震わせた。またしても心地いいざわめきが背筋を駆け上がり、興奮に包まれる。彼の手が背中に回され、がっしりとした男らしい体に押しつけられた。

脚の付け根に硬いものを感じ、ブリストルは思わずうめき声を漏らした。ついさっきまで真剣な話をしていたのに、どうしてキスなんかしているの？

熱い快感に、その場にくずおれそうになる。何とかして正気を保つべきだが、無理だった。そう考えることさえできそうにない。彼の舌がじっくりと攻めこみ、あらゆる感覚を刺激する。頭が真っ白になり、とうの昔に忘れ去った欲求が目を覚ました。これ以上は耐えられないと思ったとき、キスがさらに濃厚になり、新たな興奮にのみこまれた。

ふいにクープが唇を離し、彼女はうめき声で抗議した。けれども彼の目にむき出しの欲望が燃え上がっているのに気づいて、心臓が波打つ。激流のごとく血が全身を駆けめぐる。欲望の底流で周囲の空気が震えた。

「きみが欲しい、ブリストル」

低いささやき声が熱い愛撫《あいぶ》のごとく肌を撫《な》でた。

鼓動とともに呼吸も速くなる。その瞬間、キスだけでは満足できないと悟った。ふたりとも体が絡み合ったときの感触を思い出してしまった以上は。めくるめく興奮がよみがえり、胃が締めつけられた。これは愛ではない……少なくともクープにとっては。彼を駆り立てているのは情欲にすぎない。けれどもブリストルは、深くはてしない愛に突き動かされていた。

ふたつの異なる力。目指すものは同じ。心から欲するものを否定する必要はなかった。

「私もあなたが欲しいわ、クープ」

その言葉が唇を離れるなり、彼女は力強い腕に抱き上げられ、二階へと運ばれていった。

ブリストルを腕に抱きながら、クープはほとんど一段飛ばしで階段を上った。ほとばしる彼女の情熱に、これ以上耐えられなかった。体の奥から欲望がこみ上げ、彼女をものにしたい気持ちがはっきりとした形となる。彼女を抱きたい衝動は激しく脈打ち、とても太刀打ちできそうになかった。

部屋に入ると、まっすぐベッドへ向かい、彼女を下ろした。そして後ろに下がり、彼女が服を脱ぐのを見ながら自分も脱ぎはじめた。ブリストルがセーターを頭から脱いで投げ捨てた。セクシーな黒いレースのブラジャーに包まれた胸を目にした瞬間、クープは鋭く息を吸いこんだ。かつてこの舌が堪能した胸。もう一度知り尽くしたいと願う胸。

彼女がフロントホックを外し、ふたつのふくらみがあらわになったとたん、下半身が大きく脈打つのを感じた。三年前も彼女の胸に魅了された――その形、大きさ、手触りに。機会があれば、あの頂をいつまでも眺めていられるだろう。

クープは服を脱ぐ手を止め、彼女がすっかり裸になるまで見守った。うっとりと見とれ、目が釘《くぎ》づけになり、すっかり心を奪われた。ジーンズを脱いで下着姿になると、彼の情熱の証《あかし》はさらに硬くなった。彼女はブラジャーに合わせた黒のパンティを身につけていた。

とっさに三つの言葉が思い浮かんだ。ゴージャス。セクシー。神々しい。

「どうかしたの、クープ?」

その声に、はっと我に返る。彼はごくりと唾をのみ、視線を彼女の顔に向けた。「いや、何でもない」

クープが急いで残りの服を脱いでベッドに近づくと、ブリストルは眉をひそめた。細い指が、前回、愛を交わしたときにはなかった傷痕に触れる。彼女の表情は、それがいつできたものかに気づいたことを物語っていた。次の瞬間、彼女は思いがけないことをした。その行為は彼を深く感動させた。

ブリストルは顔を近づけると、唇で傷痕に触れたのだ。彼が味わったであろう苦痛を、あたかもキスで取り除くかのように。

「きみの中に入りたい、ブリストル。入らなければならない」クープはかすれた声でささやくと、ベッドの上の彼女に覆いかぶさった。

「そうして、クープ」ブリストルは両腕を彼の首に巻きつけた。「私の中に入って」

口にしてはならない言葉だったかもしれない。これほどあからさまに欲望を認めるべきではなかったかもしれない。まだ互いの意見が一致しないことが山のようにあり、本当なら寝室でこんなことをするのではなく、リビングで話し合う必要がある。とはいうものの、こうしてからでなければ、とても落ち着いて話すことなどできないだろう。分別のある大人のように、座って話し合うのは難しい。その大人が互いの服を剥《は》ぎ取り、暖炉の前の床に転がって、動物のように交わりたがっているのに。

もはや、どうやっても押しとどめるのは不可能だった。三年前と同じように彼に身をゆだねることを。あれから、あまりにも多くの出来事が起こった。けれどもブリストルは、いっさい忘れてしまいたかった……息子の誕生以外は。思い出すと、いつも笑みが浮かぶ。けれどもいまは、この瞬間は、あのころに戻りたかった。もう一度、ふたりがひとつになったときの感覚を味わいたかった。彼がどれだけスタミナを持っているかを示したときの感覚を。

クープは指を使い、ゆっくりと胸のすぐ下の肌をかすめた。指先が体の隅々にまで興奮をかき立てる。彼女に火をつけ、その炎を徐々に燃え立たせてから快感の嵐で吹き消すつもりだった。

彼の強い視線に、ブリストルは思わず息をのんだ。その射抜くような表情ににじむ感情が何なのか、彼女にはわからなかった——ひとつを除いて。ふたりのあいだの性的衝動だ。パリにいたときよりも強い。パリで経験したことが控えめに言っても衝撃的だったことを考えると、にわかに信じがたかった。

指で彼女をめくるめく官能の世界へいざないつつ、クープは覆いかぶさって耳元でささやいた。「きみを味わいたい」

ブリストルはその意味をわかっていた。すでにキスはしている。だから今度は別の方法で味わうつもりなのだ。彼女がはっきりと覚えている方法で。脚のあいだがますます激しく脈打つ方法。クープについて、とりわけ覚えているのは、何をするときもあらかじめ告げ、彼女が不安にならないよう確かめてくれることだった。女性の弱みにつけこむような男ではない。彼の行為に驚かされることはなく、あるとすれば、それによってもたらされる快感の大きさだけだった。

ブリストルはうなずいた。彼はそれを同意の合図と受け取った。彼女が次の息を吸わないうちに、クープは胸に顔を近づけ、尖《とが》った頂を口に含んだ。

彼に触れたくてたまらなかった。両手をたくましい肩から腕へとすべらせ、ふたたび戻して彼の顔を包みこむ。脚のあいだが熱く疼《うず》きはじめた。

やがて彼の体がもっと下へと移動する。彼はブリストルの腹部に触れ、やさしく撫でた。その手がさらに下へすべり、細い線のような傷痕に触れて止まる。

「ララミーはとても大きかったから、帝王切開をしなければならなかったの」ブリストルはほとんど見えない腹部の傷痕について説明した。彼のように観察眼の鋭い者なら、すぐに気づくはずだ。

クープは何も言わなかったが、彼の舌が傷痕をなぞるのを感じた。ブリストルがそうしたように、クープも彼女の傷痕にキスをしていた。

周囲の空気がいっそう熱を帯びる。ふいにブリストルは次々と押し寄せる感情の荒波にのみこまれ、身動きがとれなくなった。

するとクープは彼女の両脚を抱え上げて自分の肩にかけ、腰を持ち上げた。そして膝を開き、あたかもごく自然なことのように、彼女の脚のあいだに顔を埋《うず》め、舌を内側にすべりこませた。

驚くほど巧みなキスだった。舌が奥まで入ってくる。自由自在に動く。耐えがたいほどゆっくりと。彼女を欲望の炎で焼き尽くすために、ありったけの時間をかけているかのようだった。ブリストルがうめき声をあげるたびに彼は苦しめ、力強い愛撫でどんどん奥へと分け入った。

やがてブリストルの体はすさまじいオルガスムを迎え、彼女は悲鳴をこらえなければならなかった。

顔の両わきの腿が痙攣《けいれん》すると、クープの体にも震えが走った。それが何を意味するのかはわかっていたが、それでも動きを止めなかった。むしろ彼女の味がさらに濃厚になったいまこそ、続ける必要がある。その味は覚えていたとおりだった。長いあいだ望み、焦がれていたものだった。下半身が切迫感に疼くのは、前回、彼女と一緒に過ごしたとき以来だ。

彼女の痙攣が収まってきたが、クープは愛撫をやめなかった。やめようとしても、やめられなかっただろう。濃い蜜の味に、さらなる欲望があふれ出す。またしても彼女の腿が震えはじめ、ふたたび絶頂に達しつつあるのがわかった。

彼女の傷痕を目にしたとき、クープは深い感情に満たされた。離れていたあいだに、互いに傷を負った。彼女の場合は生命の誕生のため、自分は死の始まりのせいだったが、さいわい、死に至ることはなかった。

あの日々は終わった。自由の身となり、現実世界に戻ってきた。ブリストルのベッドに。数々の思い出が作られたベッドに。息子の命が芽生えたベッドに。同じベッド、同じ女性のもとに。

だが、それだけでは飽き足らなかった。

最後の痙攣が収まると、ブリストルは自分が立て続けにオルガスムに達したことが信じられなかった。そんなに求めていたの？　そんなに貪欲だった？　欲求不満だったの？

クープが彼女にまたがり、ほほ笑みかけてきた。まさか、彼女にもう一戦交えるだけの力が残っているとは思っていないだろう。とりわけ、先ほどよりも激しい営みを。あまりにもぐったりしていて、途中で眠ってしまいそうだ。

「俺をこのままほったらかしにするつもりか？」クープは彼女をじっと見つめて尋ねた。

彼の目を見るなり、その射るような視線に体が熱くなる。ブリストルは彼の唇に視線を移した。みずからの蜜で濡《ぬ》れている唇に。なぜ、みぞおちがざわめくの？　彼の舌によって続けざまのオルガスムに導かれたことを思い出すからにちがいない。

「自分を味わってみるか？」彼が低いささやき声で尋ねた。

血が奔流となって全身の血管を巡る。そんなことを訊《き》かれたのは初めてだった。自分を味わう？　彼が何をするつもりなのかはわかっている。それを想像しただけで興奮し、低いうめき声が漏れた。

「それはイエスということか？」

「ええ」ブリストルは答えた。

するとクープは彼女の口に顔を近づけた。互いの唇が触れた瞬間、ブリストルの体のホルモンが残らず火花を散らした。我を忘れそうになったのは、混ざり合ったふたりの味のせいだけではない。彼の舌が巧みに口を支配しているせいだった。

あらゆる感覚が入り混じり、頭がぐるぐる回り、胃がひっくり返りそうだった。


クープはキスを終えると、そのまなざしだけで彼女の脚のあいだを潤した。「もう一度できるか？」

大丈夫。さっきはもう無理だと思ったけれど。もう一度、彼を迎え入れるだけでなく、自分から積極的に動くつもりだった。「ええ、できるわ」

無意識のうちに脚が開く。あたかも体が彼の与えるものを欲しているかのように。男性と行為に及ぶのは三年ぶりで、最後の相手が彼だった。ブリストルが彼の首に腕を回すと、情熱の証が下腹部に当たるのを感じた。

やがて彼が入ってきた。少しずつ。奥に入るにつれ、その大きさに圧倒される。体が広がって彼を迎え入れた。

懐かしい場所に帰ってきたかのようだった。永遠に会えないと思っていた男性、二度と愛を交わすことはないとあきらめていた男性と、ふたたび一体となっている。これ以上のことは望むべくもない。

「息子を産んでくれて、ありがとう」クープはかすれた声でささやいた。

そして動きはじめたが、できるものなら目をそらしてみろと言わんばかりに、じっと彼女を見つめたままだった。リズミカルに動く彼の体が脈打つ欲望を血管に解き放つあいだ、ブリストルも彼を見つめ返していた。罪深いほどみだらな腰の動きがあらゆるものを奪う一方で、精いっぱい彼を受け入れるよう求めている。力強く突き上げられるたび、彼女はあえぎ声を漏らした。

やがてクープは動きを速め、絶妙に、かつ激しく押し入り、彼女を全身で反応させた。ふたりは同時にクライマックスに達し、クープは彼女の口を覆って悲鳴を封じた。

互いに相手の中に流れこむような感覚だった。彼女の腰は彼の腰につながれ、ふたりは一体となって激しい恍惚《こうこつ》の渦にのみこまれた。ようやく彼が唇を離すと、ブリストルは深々と息を吸って、たくましい肩にしがみついた。そして、次々と押し寄せる快感の波にともに身をゆだねた。

しばらくすると、クープは横になって彼女を抱き寄せた。親指がやわらかな頬を撫でる。ブリストルが眠りに落ちる前にかろうじて覚えていたのは、彼の名前をささやいたことだった。

15

なぜ目が覚めたのかはわからないが、クープはベッドの中ではっと身を起こして周囲を見まわしてから、自分がどこにいるのかを思い出した。ブリストルのベッドだ。彼は大きく息をついて顔をこすると、時計に目をやった。午前三時。ベッドの隣はからっぽだった。眠りこんでいたせいで、ブリストルがベッドを抜け出したことにも気づかなかった。

彼女はどこだ？　バスルームかと思い、ふたたび横になる。だが、数分待っても戻ってこないので、起き出してのぞいてみた。いない。ララミーの様子を見に行ったのだろうか。クープはジーンズをはくと、寝室を出て息子の部屋へ向かった。ララミーは眠っていたが、そこにもブリストルの姿は見当たらなかった。

一階へ下りかけたとき、屋根裏から物音が聞こえた。ララミーとかくれんぼをしていたときに、彼女が屋根裏をアトリエに改装し、たいていそこで絵を描いていることを知った。いまも、こんな夜中に描いているのか？

六段の階段を上ると、ドアが開いていた。その中で、彼女はイーゼルの前に立っていた。あのスモックの下に何か着ているのだろうか。膝上丈のスモックからは、すらりとした脚がのぞいている。スタイルがよく、彼と同じく裸足《はだし》だった。

こちらには気づいていない。クープは邪魔をしないように、部屋を見まわした。意外と広く、画材道具用に造りつけの棚がいくつかある。それ以外にも、ふたり掛けのソファが置かれ、シンクとカウンターが備えつけられていた。あそこで絵筆やパレットを洗うにちがいない。小さな窓がひとつしかないのは、絵を描いているあいだはできるだけ気を散らしたくないからだろう。

そのまま立ち去ろうとしたとき、ふと壁に飾られた額入りの写真が目に留まった。そのうちの一枚には、彼女と年配の男性が写っていた。よく似ている。おそらく父親にちがいない。クープはその男性の顔に見覚えがあるような気がしてならなかった。

ドア口にもたれ、ブリストルから聞いた身の上話を断片的に思い出した。息子のミドルネームは、たしか彼女の父親のファーストネームだ。初めて出会ったとき、彼女の姓はロケットだった。父親が亡くなるまでの二年間、一緒に過ごしたとも言っていた。

「あの写真はお父さんだろう?」

その声にはっと振り向いたブリストルは、思わず絵筆を落としそうになった。彼女は顔をしかめて息を吐いた。「クープ、驚かさないでよ」

「悪かった」そう言って、彼は部屋に入った。「目が覚めたらきみがいなくて、どこへ行ったんだろうと思って捜してた」

ブリストルはほほ笑んだ。「あなたを起こしたくなかったのよ。ララミーがお昼寝しているあいだ以外にも、こうやって夜遅くに描くことも多いの」そう言って、額入りの写真に視線を移す。「ええ、あれは父よ」彼女は誇らしげに言った。その声には父親に対する愛情がにじみ出ていた。

「きみのお父さんはランダル・ロケットだったのか」

ブリストルはぱっと振り返った。「どうしてわかったの?」その顔には驚きの表情が浮かんでいる。

父親の名を知られたくない事情でもあるのだろうか。

「顔を知っていたんだ。両親のおかげで作品も見たことがある。正確には母だが。母が何枚か持っているんだ」

「本当に？」

「ああ」クープはイーゼルに目をやってから、彼女に向き直って言った。「じつは、一度会ったこともある。母の慈善事業の一環で美術展を開催したときに、彼がオースティンまで来たんだ。とてもいい作品ばかりだった。パリできみに会ったときに、ロケットという姓とよく似た画風を結びつけるべきだった。だが、そんなことは考えもしなかった」頭の中にあったのは、彼女を手近なベッドに連れこむことだけだったが、それは黙っていた。

「あなたが父に会っていたなんて信じられないわ」

クープは彼女の声に興奮を聞き取った。「ああ。当時は十七歳の高校生だった。ある意味、両親に無理やり連れていかれたイベントは、あれが最後だった。結果的に行ってよかったが。感じのいい人だったよ」そして彼は続けた。「あのときのことはよく覚えている。ちょうどその数日前に海軍兵学校の合格通知を受け取って、両親にも認めてもらったところだった。跡を継いでファミリー企業に加わるよう圧力をかけられずに、ほっとしていた」

「どんな会社なの？」

「〈RCCマニュファクチャリング〉だ」

ブリストルは眉を吊《つ》り上げた。「RCC？　知ってるわ。テキサスに本社がある大企業でしょう。いつも画材をたくさん注文しているもの」

クープはくすりと笑った。「それを聞いたら、両親はさぞ喜ぶだろう」

「それなのにファミリー企業には入らずに、海軍特殊部隊《ネイビー・シールズ》を選んだの？」

「そのとおり。早いうちから会社員には向いていないと気づいていたんだ」クープはふたたび額入りの写真に目をやってから彼女を見た。「俺がお父さんがランダル・ロケットだと気づいたとき、きみは驚いたようだったが、秘密にしていたのか？」

ブリストルはクープから目をそらし、父と一緒に写っている写真に視線を移した。自慢の一枚だったが、クープが上半身裸で裸足のまま立っているので、目のやり場に困ったというのが正直なところだった。ジーンズは腰まで下がり、ファスナーはきちんと閉まっておらず、ボタンも外れたままだ。あまりにもセクシーな姿に、とても平静ではいられなかった。

まだクープの問いには答えていなかった。これだけ親密な間柄にもかかわらず、互いに相手のことは何も知らないのだと、あらためて思い知らされる。一緒にいると、つねに性的な引力に引き寄せられて言葉を失うせいにちがいない。いまもブリストルはその引力を感じていた。彼も感じているのがわかる。

「とくに秘密にしてたわけじゃないわ。ただ自分から言いふらしたりしないだけ。だから、ごく限られた人しか知らない。画家としてのキャリアを積むのに、父の名を利用したくないの。ランダル・ロケットの娘であることは誇らしいけれど」

「彼も、ブリストル・ロケットの父親であることを喜んでいるにちがいない」

その言葉に胸が熱くなった。生前、父から〝おまえのことも、おまえの作品も、心から誇りに思う〟と何度も言われたのだ。「ありがとう」

「礼には及ばない」

クープは、彼女の描いたさまざまな絵が飾られたイーゼルを見てまわった。ブリストルは個人的なスペースに他人が入りこんでくることに慣れていなかった。とりわけこの部屋には。だが、不思議と彼の存在は気にならなかった。

三年前にクープに心を奪われてしまったのは、彼のせいではない。そしていま、その気持ちを忘れようとしていることも、彼にはいっさい無関係だ。体の関係を持っても混乱することはなかった。彼に愛されていないことはわかっている。

　とにかくクープのことは、正確には彼の体のことは忘れて、別のことを考えなければならない。ブリストルはアトリエに置いてあるコーヒーポットのところへ行くと、カップに注《つ》いでから彼を振り返った。

「コーヒーでもどう？」

　クープはゆっくりとうなずいた。「もらおう」

　ブリストルがもう一杯注ぐと、クープは歩み寄り、彼女の手からカップを受け取った。一瞬、手が触れて、彼女の腹部が興奮にざわめく。

「ありがとう」彼が言った。

「どういたしまして」

　ふたりはコーヒーを飲んだ。クープを愛してはいけないと思う半面、ブリストルは彼のことを知りたかった。先ほど彼に言ったとおり、彼の両親の会社はよく知っている。〈フォーチュン500〉のリストにも載るような企業で、つまり彼は裕福な家庭に生まれたことになる。

「もうこんな時間だ。泊まってきみに負担をかけるつもりはなかった。帰ってほしければ、そう言ってくれ」

　ブリストルはカップの縁越しに彼を見つめた。帰ってほしいの？　いいえ。「その必要はないわ。帰りたかったら別だけど。どうせ、また朝には朝食を食べに来るんでしょう？」

　クープは笑った。「招待してもらえれば」

「もちろん招待するわ。言ったでしょう、思うぞんぶんララミーと一緒に過ごしてほしいって」

　クープはうなずいて、コーヒーを飲んだ。「それなら、訊《き》きたいことがある」

「何かしら？」

「きみとララミーのクリスマスの予定は？」

　ブリストルは考えてから答えた。「今年は家で静かに過ごすわ。ララミーがやっとクリスマスは特別なものだと理解できるようになったの。いい子にしていれば、サンタさんがすてきなプレゼントを持ってきてくれると、ずっと言い聞かせてる。おかげで、おもちゃはきちんと片づけるようになったし、トイレトレーニングもがんばってるわ」彼女は言葉を切ってから尋ねた。「なぜ私の予定を知りたいの？」

「できれば俺も仲間に入れてほしいと思っているからだ」クープは深く息を吸いこんだ。「訊かれる前に言っておくが、答えはノーだ。クリスマスを家族と過ごす予定はない」

ブリストルは三年前に一緒に過ごしたクリスマスを思い出した。あのとき、彼は両親とは疎遠だという印象を受けた。そのことについて訊いてみるチャンスかもしれない。ララミーにとって、会うことのできる祖父母は彼の両親だけなのだから。

「もちろん歓迎するわ。でも、ご両親のことを教えてほしいの。ララミーの祖父母のことを」

クープは画材の山をよけて作業台にもたれた。「何を知りたい？」

ブリストルは肩をすくめた。「さしあたって、どうして一緒にクリスマスを過ごさないのか」

単純な質問だと思いたかった。その反面、両親に関しては、あるがままの姿を受け入れないかぎり、何ひとつ単純ではなかった。そんな両親を、クープはとっくの昔に受け入れていた。

「ソファに座ってゆっくり話そう」

「わかったわ」

ふたりは腰を下ろしたが、彼女があまりにも魅力的なので、念のためクープは離れて座った。彼はコーヒーをひと口飲んでから話しはじめた。「両親はすばらしいとしか言いようがない。何しろ、結婚して三十五年にもなるのに、いまだに深く愛し合っている」クープは声をあげて笑った。「ある意味、お互いに夢中だと言っても過言ではない。もう亡くなったが、双方の祖父母が言うには、ハーバード大学で初めて出会ったときから、ずっと変わらなかったそうだ。父は生粋のテキサス人で、何世代も続く牧場に生まれたが、牧場主だった父の父親、祖父、曾《そう》祖父《そふ》のあとには続かずに、その世界から飛び出すことにした。ビジネスを志していたんだ。大学卒業後、父と母はオースティンで会社を立ち上げた。それから一年もしないうちに、ふたりは結婚して、三年後に俺が生まれた」

クープは言葉を切り、コーヒーをさらに飲んだ。

「聞いた話では、母は妊娠中に危険な状態になったらしい。命を落とす恐れもあると言われて、父は妻か子のどちらかを選ぶよう迫られた。それで妻を選んだ。さいわい、トップレベルの専門医が見つかって、おかげで母子ともに助かったわけだが、母を失いかけたことで、父はパニックに陥ったんだと思う。それ以来、父はできるかぎり母と一緒に過ごそうと決意した……残りの人生ずっと。毎年、ふたりで数えきれないほど旅行に行っているし、クリスマスも一緒に過ごすことが習わしになっている――たいていはイギリスの友人宅で。そういうわけで、俺は一度も両親とクリスマスを過ごしたことがない。毎年、祖父母の牧場で過ごしていた。それでも不満に思ったことはない。祖父母はすばらしい人たちだったから。牧場に行くのが本当に楽しみだった」

「ご両親に置き去りにされて、恨んだことはないの？」

自分と両親の関係は理解しがたいものだとわかっていたが、ブリストルに対してはきちんと説明しておきたかった。「まったく放っておかれたわけじゃない。ふたりのおかげで、十六歳の誕生日を迎えるまでに、世界じゅうのほとんどの国を訪れる機会に恵まれた。両親に愛されていないと思ったことはない。ただ、夫婦の愛情のほうが強かっただけだ」

クープはしばらく黙りこんだが、やがて続けた。

「俺の死亡通知を受け取ったときには、ふたりともひどく取り乱したそうだ。おそらく、そのせいでさらに絆《きずな》が深まったんだろう。そんなことが可能ならの話だが。俺が無事に生還すると、最初のころは片時も目を離そうとしなかった。ネイビー・シールズの活動を続けることに対しても否定的だったよ」

ブリストルは手の中でカップを回しながら尋ねた。

「牧場はどうなったの？」

「祖父母の遺言で俺が受け継いで、信頼できる人を雇って、退役するまで管理してもらうことにした。あと六年ほどだ。中には祖父母の時代から働いている者もいるから、安心して任せている」

「よく行くの？」

「あいにく、そう頻繁には行けなくてね。いつか、きみとララミーにも見せてやりたいと思っている」

現時点ではそれだけ言うに留《とど》め、いつでもララミーが遊びに来られるように、向こうに移り住む計画のことは黙っていた。

ブリストルがほほ笑むと、下腹部が熱くなるのを感じた。「ぜひ行きたいわ。きっとララミーも見たがるはずよ。馬が大好きだから」

「よし、決まりだ。クリスマス休暇が終わったら、きみたちを連れていこう」クープは立ち上がって言った。「長い時間、邪魔してすまなかった」

ブリストルも笑みを浮かべて立ち上がった。「気にしないで。どっちにしても、そろそろおしまいにしようと思っていたの」

「毎晩描いているのか？　ララミーが眠っているあいだに」

「毎晩じゃないわ。欲求をかき立てられたときだけ」

じつに奇遇だ。ちょうどそのとき、クープも欲求を抑えきれなかった。「欲求といえば――」彼はカップを置いた。

「どうしたの?」

「俺もいま、こみ上げている」

ブリストルはにっこりした。「あなたも絵に挑戦してみる?」

彼は笑った。「いや、絵に対する欲求じゃない」

「だったら何?」

クープは身を乗り出し、彼女の耳元でささやいた。

ブリストルは不敵な笑みを浮かべ、やはりコーヒーカップを台に置くと、前に進み出て彼の首に腕を回した。「それなら、あなたのその欲求をどうにかしないと」

「そうだな」クープは彼女を抱き上げ、寝室へと向かった。

16

鼻をつつかれるのを感じて、クープはぱっとまぶたを開けた。目の前に小さな手と、ふたつのつぶらな目があった。「ママのベッドだよ」責めるような口調だ。

そうだ、俺はララミーのママのベッドにいる。心配いらない、とクープは息子を安心させようとしたが、それよりも早くララミーはベッドによじ登り、彼の上にのっかって言った。

「どいて、パパ」そして紅海を分けるかのように、遠慮なくクープとブリストルを引き離してベッドの真ん中に陣取った。

「ララミー!」目を覚ましたブリストルが慌てて起

き上がる。「いい子にしないとだめでしょ」

「だって、ママのベッドにいるよ」

ブリストルはあくびをすると、息子の巻き毛に手を差し入れた。「いいのよ。おはよう、ララミー」

ララミーは母親の首に腕を巻きつけた。「おはよう、ママ」

それから満足したようにカバーの下に潜りこみ、目を閉じた。

ブリストルはクープに目を向けてほほ笑んだ。

「ごめんなさい」

「謝ることはない。毎朝こうしているんだろう？」

彼女はうなずいて、顔にかかった髪を払いのけた。

「ええ。見てのとおり、まだ六時よ。ここに来て、私のベッドに潜りこんで、もう一時間くらい眠ってから、おなかがすいて目を覚ますの。そうやって一日が始まるわ」

思わぬ邪魔者が入った。クープは彼女と愛を交わして一日を始めるつもりだったのに。息子のおかげで、その計画は台無しになった。だが、息子がいようといまいと、おはようのキスをあきらめるつもりはなかった。彼は身を乗り出して、やわらかな唇にキスをした。「おはよう、ブリストル」

彼女はほほ笑んだ。「おはよう、クープ」

彼もほほ笑みを返す。パリでは一緒に目覚めるのが心地よかったが、それはいまも変わっていない。昨晩、何度も愛を交わしたにもかかわらず、まだ精力はあり余っている。ブリストルを抱く以外に、そのエネルギーを発散させる方法はひとつしか思いつかなかった。

「フィットネスジムに行ってくる」

彼女は眉を上げた。「フィットネスジム？」

「ああ、ホテルの。毎朝、トレーニングは欠かさないんだ」普段は一日に二回鍛えている。「朝食までに戻る。それで構わないか？」

「いいわ。私たちはここにいるから」
「なるべく早く戻るよ」彼は身を乗り出し、もう一度キスをした。今度はもう少し長く。そしてベッドから出ると、ジーンズをはいて隣のバスルームへ向かった。しばらくして戻ったときには、彼女はララミーを抱き寄せてうとうとしていた。

着替えながらも、クープはふたりから目を離せなかった。なぜか胸がいっぱいになる。この感情をどうしたらいいのかわからなかった。これまでは、女性に対してつねに冷静だった。長い期間、付き合うこともなかった。どんな女性にも心を奪われるまいと決めていた。

だが、昨晩のことを思い出すと、クープはほほ笑まずにはいられなかった。笑みは消えなかった。理由はわかっている。幸せなのだ。心から。その幸せを与えてくれるふたりが、いまあのベッドで眠っている。この四十八時間で、彼の人生はすっかり変わった。

そして、自分がそれ以外の人生を望むことはないだろうと薄々気づいていた。

着替え終わると、ふたたびベッドへ行ってふたりを——ブリストルを見つめた。彼女はわかっているのだろうか。自分が俺に何をしているのか。三年前に何をしたのか。彼女に抗《あらが》うことは不可能だった。

気がついたらブリストルは隣にいて、俺にはどうすることもできなかった。

彼女に恋する以外は。

そのことを認めて、クープは衝撃を受けた。まったく予想外のことだった。しかし気づいた以上、その事実を受け入れざるをえない。

俺は彼女を愛している。

クープは深く息を吸った。この三年間の自身の行動を分析すれば、パリで仲間とともにあのカフェに入った瞬間、恋に落ちたのだろう。彼女はこちらを見つめていた。あの場で心を奪われたのは間違いない。

テーブルに仲間を残して彼女に近づき、誰よりも先に自己紹介をした。いまなら、なぜあんな行動をとったのか理解できる。愛がすべてを説明していた。あの思い出のおかげで生き延びられたことも、退院後すぐにパリへ戻って彼女を捜したことも。二度と会えないという事実を受け入れて、彼は前に進んだ。充実した生活を送っていたが、幸せではなかった。

ブリストルとラミーがつねにそばにいる人生を歩みたかった。確かにこの一連の出来事は想定外だったものの、自身のこの小さな家族を目の前にして、後悔はいっさいなかった。

実際に結婚することに対して、ブリストルが不安を抱いていることはよくわかっているが、クープはあらゆる障害を取り除くつもりだった。

いまはまだ彼女に愛されていない。だが、いずれ愛されるようになるだろう。

クープは、こうと決めたら突き進む性格で、誰にも止めることはできなかった。

彼はベッドに背を向けて寝室をあとにした。

ブリストルが朝食の準備をしていると、携帯電話が鳴った。クープが朝食に戻ってこられなくなったのかしら？　ラミーは目を覚ますなり、クープがいないことにがっかりした様子だった。それは自分も同じだと、彼女は認めざるをえなかった。

電話を手に取ると、マージーの名前が表示されていた。「もしもし、マージー？」

「今日は機嫌がいいかしら？」

ブリストルは眉を上げた。「昨日はそんなに不機嫌だった？」

「たぶん。あなたの夫のことをいろいろ言って怒らせたみたいね。悪かったわ」

ブリストルは息を吸いこんだ。昨日のマージーの言葉に苛立《いらだ》ちを覚えたのは事実だった。「私たちの関係については、あなたの知らないことがたくさんあるの」そのうちのひとつは、彼が本当の夫ではないということだ。

「だったら説明して。今日、ランチをしましょう」

ブリストルは下唇を噛《か》んだ。今日は都合がよくなかった。ミズ・シャーロットにとつぜんララミーの世話を頼むのは気が引ける。ひょっとしたらクープが面倒を見てくれるかもしれないが、あまり頼るわけにもいかない。意見の食い違いに加えて、さらに解決すべき問題もある。どのようにして前に進むべきかを決めなければならない。

「明日じゃだめかしら」気がつくと、ブリストルはそう言っていた。

「いいわ。じゃあ明日、スティーブンとも話せる？」

聞き捨てならない言葉だ。「何を話すの？」

マージーは笑った。「彼がクライアントの顧問弁護士だということを忘れたの？　そのおかげで、あなたは毎日、ひたすら子どもと家にいながら絵を描いていた退屈な仕事から抜け出せたんでしょう」

忘れてはいない。何と言ってもマージーが忘れさせてくれなかった。ただ、スティーブンとは合わないことを、なぜ理解してもらえないのか。「わかったわ。ただし、あくまで仕事の打ち合わせよ」

通話を切って電話を置いたとき、ちょうど玄関のベルが鳴った。「パパかえってきた！」

息子の興奮した口調に心が揺さぶられた。「そうね、帰ってきたみたい」

タオルをわきに置くと、彼女はキッチンを出て玄関へ向かった。

「おはよう。これをきみに」そう言って、クープは大きなポインセチアを差し出した。ホテルの隣にフラワーショップがあり、朝、通りかかった際に彼女にプレゼントしたくなったのだ。

「ありがとう。とてもきれいだわ。さあ、入って」

ブリストルはわきへ寄った。「ちょうどビスケットをオーブンに入れたところなの」

「ビスケット？　ビスケットを作れるのか？」

「ええ、ドリー叔母さん直伝のレシピよ」

クープは中に入ると、ステットソン帽を脱いでジャケットをコート掛けに掛けた。彼女は鉢植えのポインセチアをツリーのそばの小さなテーブルに置いた。クリスマスが一週間後に迫っているなんて信じられなかったが、ニューヨークではクリスマスを忘れるのは難しい。街の至るところにサンタクロースがいて、どの街灯にもリースが飾られている。

「どう思う？」ブリストルは彼にもらったポインセチアの横に立って尋ねた。

クープの視線は彼女に注がれていた。「きみの妊婦姿を見たかった」

「急にどうしたの？」彼女がほほ笑んで尋ねる。

「どう思うか訊《き》いただろう。そこにきみが立っていて、子どもがキッチンのテーブルに座っていると考えたら、ふとそう思ったんだ」

ブリストルはしばらく何も言わなかった。「妊娠中は目も当てられないような姿だったわ」

クープは歩み寄ると、彼女のあごを手で包みこんだ。「きっと美しかったにちがいない」彼は顔を近づけ、軽く唇を触れ合わせた。

するとブリストルは、心を落ち着ける時間を求めるかのように言った。「そろそろビスケットが焼き上がるころだわ」

彼女はキッチンへ急いだ。

数時間後、ブリストルはイーゼルの前に立っていた。息子の笑い声が階上まで響いてきて、今日もクープと楽しく過ごしているのがわかる。

朝食のときのことを思い出した。ララミーは父親に会えてよほどうれしかったのか、驚くほどの速さでしゃべっていた。昨日と同様に、食後はクープが片づけの手伝いを申し出て、断っても手伝ってくれた。キッチンの仕事を手伝ってもらうのも悪くないと、ブリストルは内心認めざるをえなかった。

続いて、彼にもらったポインセチアのことを考える。大きくて美しい鉢は、最初から置いてあったかのように部屋に馴染《なじ》んだ。彼の思いやりがうれしかった。男性から花をプレゼントされたのは父親以来だ。初めて顔を合わせたときに、父は花束を持って現れ、その後も誕生日には欠かさなかった。花は父の死後も届けられた。決まって美しいブーケで、カードには〈永遠に愛する娘へ、父より〉と書かれている。

ブリストルは涙を拭った。父と一緒に過ごした短い時間を思い出すと、決まって涙がこみ上げてくる。とはいえ、いまでも父は自分の人生にいい影響をもたらしている。同じように、クープもララミーの人生にいい影響を与えるにちがいない。彼が息子と時間をともにしていることには大きな意味がある。クープが任務に出発すればララミーは寂しがるだろうが、戻ってくるのを楽しみに待つはずだ。

本当に戻ってきてくれれば……。

ふいに不安にとらわれて、ブリストルは鋭く息を吸いこんだ。秘密作戦に携わるたびにクープの身に及ぶ危険については考えたくなかったが、どうしても頭から離れなかった。彼は自身の仕事のことはほとんど話さなかったものの、パリで聞いたのは、大部分の任務は機密事項で、口にするのも禁じられているということだった。海軍特殊部隊《ネイビー・シールズ》の隊員の家族は、愛する人の居場所も、いつ戻るのかも知らされずに、どうやって毎日を過ごしているのか、ブリストルには想像もつかなかった。

携帯電話の音で、はっと我に返る。彼女はテーブルの上の電話を手に取ると、ディオンヌの名前が表示されているのを見てほほ笑んだ。「もしもし、どうしたの?」

「どうしているかと思って。あなたも、おちびのラミーも元気?」

ブリストルはにっこりした。「ふたりとも元気よ。男の人がそばにいる環境に、やっと慣れてきたところ」今朝、ステットソン帽にジーンズ、スエードのジャケット、ブーツといういでたちで玄関に立っていた彼の姿を思い浮かべる。テキサスからあの男性を連れ出すことはできても、彼からテキサスを奪うことはできない。

「何だか楽しそうね、ブリストル」

本当に? 「クリスマスだもの。もちろん楽しいわ」

「この時季はいつも元気がなかったから。叔母さんのことを思い出して……」

それからひとしきりディオンヌの家族や、ブリストルのパリの友人たちの話で盛り上がった。

「ブリストル?」

「なあに?」

「どうするか決めた?」

ブリストルは眉をひそめた。「何のこと?」

「偽装結婚よ。怪しまれないようにするために、ふたりでさんざん苦労したでしょう」

ブリストルはすぐには答えなかった。これからどうするのか、まだクープとのあいだで結論は出ていない。

「彼がどうしたいのかわからないの。まだ一度話しただけだから。もう一回話し合って決めないと」ブリストルは説明した。「こっちではみんなに寡婦だと思われていたのに、とつぜん夫が現れた。それで彼が難しい立場に追いこまれてしまったの。私が話すまで、私たちが結婚していることになっているとは知らなかったから」

「再宣誓式を挙げるふりをして、本当に結婚することはできないの？」

「だって、私たちのあいだに愛はないもの」

ディオンヌが口を開かないうちに、親友が何を言うつもりか、ブリストルには予想がついていた。

「愛はあるわ、ブリストル。少なくとも、あなたには。パリにいたときから、あなたは彼を愛していた。彼の死をあなたに伝えたのは、この私よ。あなたがどうなったか、どれほどの悲しみに耐えていたか、私はこの目で見たわ。あなたは彼を心から愛していた。それほどの愛は、そう簡単に消えたりしない。もう愛していないなんてありえないわ」

ブリストルは否定しようとした。彼のことはもう愛していないと。けれどもディオンヌには嘘《うそ》をつけなかった。「それはもうどうでもいいの。彼のことは忘れるつもりだから」

「どうして？」

ブリストルは大きく息を吸いこんだ。「あなたがいま言ったでしょう。彼の死の知らせを聞いて、私がどんなにショックを受けたか。そのせいでどれだけの悲しみを味わったか。二度と同じ思いはしたくないの。もう耐えられない」

17

ブリストルが息子を寝かしつけるあいだ、クープは昨夜と同じく離れたところから見守っていた。とにかく盛りだくさんの一日だった。朝食が終わると、床に寝そべって、レゴのブロックを組み立てるララミーに手を貸した。ランチ後は息子をブーツとコートでくるみ、一緒に公園まで行った。

そのままディナーもごちそうになり、クープは彼女が泊まっていくよう言い出すのを期待した。昨晩は、厳密には彼女に勧められたわけではなく、互いに相手を求める気持ちを抑えられずに、なりゆきで泊まったにすぎなかった。

だが今夜は、これから話し合う内容によっては荷物をまとめて追い出される可能性も否めなかった。そろそろ強引に事を進めるべきかもしれない。

「ララミーがおやすみなさいを言いたいって」

ブリストルの声で我に返ると、ドア口にもたれていたクープは、ベッドの中でかろうじて目を開けている息子のもとへ行った。我が息子。その存在を知った瞬間に心を奪われた子ども。

「パパ、ずっといて。ママのベッドでねて」

クープは思わずほほ笑んだ。ブリストルに先んじて息子が許可を与えているのだ。それには答えずに、クープは言った。「おやすみ、ララミー」

「ずっといて、パパ。ママのベッドでねて」

どうやらララミーは、そう簡単には解放するつもりはないようだ。本当にこの子は今朝、俺が母親のベッドで眠っているのを見つけて鼻を小突いたのか？　上に乗ってきて、母親の隣は自分の場所だと主張したのか？

「パパはずっといるわ、ララミー。だからもうおやすみなさい」

クープはブリストルを振り返った。これは彼女なりの誘い方なのか？　とはいえ、ずっといると請け合っただけで、自分のベッドで眠るとは言っていない。つまり、ソファで眠れということだろうか。

「ママ、だいすき」

「ママも大好きよ、ララミー。また明日ね」そして昨晩と同じように、ブリストルは息子の頬にキスをした。

ところが昨晩と違ったのは、ララミーが眠りにつく前にこう言ったことだった。「パパ、だいすき」

クープの胸は締めつけられた。子どもというのは、こうもあっさり誰かを好きになるのかと思うと驚きを禁じえなかった。「パパも大好きだよ、ララミー」

彼とブリストルは息子が寝入る姿を見守った。


ララミーの部屋を出ると、クープは彼女に話がしたいと言った。

昨晩のことを後悔しているのかしら？　ブリストルは部屋の反対側でクリスマスツリーを見つめているクープに目を向けた。何を考えているの？　クリスマスはララミーと三人で過ごす約束をした。そのあとは？　いつ次の任務でニューヨークを離れるの？

「話せるか？」

彼のほうから話し合いを提案したのに、なぜ尋ねるのか、ブリストルには腑《ふ》に落ちなかった。「あなたさえよければ」

クープはうなずくと、彼女の向かいの椅子に腰を下ろし、しばらく彼女を見つめてから口を開いた。

「今日、弁護士に連絡した」

「どうしてわざわざ？」

彼が椅子の背にもたれると、ジーンズの生地がたくましい腿を際立たせた。そんなことを気にしている場合ではないのに、ブリストルは気になってしかたなかった。

「ララミーは俺の相続人だ。重要な書類にはすべて名前を記載しておきたかった」

「そう」

「それから、父親としての権利に関して、法的な助言も欲しかった」

ブリストルは眉を上げた。「父親としての権利？」

「そうだ」

彼女は怪訝《けげん》な表情を浮かべた。「わからないわ。あなたがララミーに会うことは拒否しないし、好きなだけ一緒に過ごしてもらって構わないと言ったはずだけど」

「ああ。だが、もしきみがいつか結婚して、相手の男がそうは思わなかったら？」

「結婚するつもりはないから安心して」

「そんなのわからないじゃないか」

「何が？」

「結婚するつもりがないということだ。人生、何が起こるかわからない。気が変わることもありうる」

ブリストルの眉間のしわが深くなる。「ぜったいないわ」

「断言はできないだろう」クープは反論した。

「できるわ」

彼は首を振った。「いや、できない。だから弁護士からは、ララミーの父親としての権利を守るために、共同親権を申し立てるよう勧められた」

座ったまま身を乗り出す彼女を、クープはまじろぎもせずに見つめた。彼女が目を丸くする。「共同親権？」

「いかにも」

「ありえないわ。あなたはほとんど国内にいないのに、どうして共同親権なんて考えるの？」

「考えないほうがおかしい。ある意味では、そのほうがきみも楽になる」

「具体的には？」ブリストルは彼をにらみつけた。

「一年のうち、どれだけララミーが俺と一緒に過ごすか、いつきみのもとで暮らすのかを決めることができる。とくにいま考えているのは、毎年クリスマス休暇を交互に過ごすことだ」

「クリスマス休暇を交互に過ごす？」これほどばかげた提案はないと言わんばかりの口調だった。

「ああ。俺が祖父母から受け継いだ牧場のことは話しただろう。来年はあそこでララミーと過ごしたい。そうすればきみは解放されて、何をしようが自由だ」

「解放される？　何をしようが自由？」

ブリストルが逐一繰り返すその口調から、怒りがますます高まっているのがわかる。「俺が協力すれば、きみはもっと絵が描ける。任務で留守にするあいだは、住み込みのベビーシッターを雇って――」

「住み込みのベビーシッター？　冗談でしょう」彼女は何度か深呼吸して、必死に怒りをこらえようとしている。「いったいどうしたの、クープ？　どういうつもり？」

答えるのには何の支障もなかった。「本当に結婚するための理由を提供しているんだ」

一瞬、心臓が止まり、ブリストルは大きく息を吸った。「どうして？」思わず尋ねる。「なぜ本当に結婚する必要があるの？」

クープがまたしても座り直し、気をそらすためにわざとそうしているのではないかと疑いたくなる。彼の動きがいつもホルモンを上昇させることをわかっているのかしら？

「一番の理由は息子だ。いま挙げたのは、俺たちが結婚していないことで生じる厄介な問題だ。子どもがいるとわかったとき、俺の人生は一変した。当面は子どもを持つつもりはなかったが、前にも言ったとおり、後悔はしていない。きみが苦労の末にあの子を産んでくれて感謝している。言っておくが、もし捕虜になっていなかったら、もしきみの手紙を受け取っていたら、ぜったいにきみをひとりにはしなかった。きみのもとに駆けつけていただろう。きみと子どものそばにいた」クープはしばらく黙りこんでから続けた。「責任をとるのは当然だ。だが、きみに子どもができたからという理由だけで結婚は申しこまない。もちろん子どもにも、きみにも誠意は尽くすが、うまくいくと思わなければ求婚などしていなかった」

少なくとも嘘《うそ》はついていない、とブリストルは感じた。「だとしたら、なぜうまくいくと思うの？　私たちはお互いのこともよく知らないのに」

「じゅうぶん知っている。それに、この二日間でさらに知った。どれだけ一緒にいようが、すべてを知ることはできない。それに、きみの新たな面を知るのは楽しい」またしても彼は座り直し、ブリストルの視線が釘《くぎ》づけになる。「きみは立派な母親だ。俺の知るかぎり最高の。我が子の母親として、きみ以外の女性は考えられない。ララミーと一緒にいる姿を見て、きみがどれだけあの子を愛しているかがわかる。つねにあの子のことを第一に考えているのが。心のどこかで、その親密さを妬《ねた》みたいとも思っていたが、そんなことはできない。俺も関わりたいんだ、ブリストル。きみはララミーに特別なものを与えた。温かな家庭を」

その言葉で、彼女はかつて父親に言われたことを思い出した。母のせいで、父は娘と一緒に過ごす時間を奪われたが、それでも恨むことはなかった。むしろ、ブリストルをきちんと育てたことに感謝していた。誠実で自立した女性にしてくれたことに。

「俺にとって、結婚は単に書類上のものではない」クープは彼女の考えを遮って続けた。「とりわけ自分の両親の関係を見ていると、そう思わずにはいられない。たとえ純粋な愛情だけではないにせよ、ふたりのあいだにはいまでも信頼、尊敬、友情があると信じている」

ブリストルは深呼吸してその言葉について考えた。確かに、自分たちのあいだには信頼と尊敬がある。三年前、彼を自宅に招いたのは信頼していたからで、その気持ちはいまも変わらない。尊敬もしている。わずか二日間で、彼は息子の人生に大きな影響を与えた。それに彼は愛国心のもと、身を危険にさらして国を守っている。もっと相手のことを知れば、よき友人どうしになれるはずだ。体の相性もいい。

だけど愛は？

そのことについては、彼はいっさい触れなかった。

彼は私を愛してはいない。私は初めて会った瞬間から愛していたのに。

とはいうものの、そうした感情はすべて無意味だった。世の中の愛も尊敬も信頼も友情も、彼が死んだと思いこんでいたときには、何の慰めにもならなかったからだ。あんな思いをするのは、もうたくさんだ。そのことをどうにかして理解してもらわなければならない。

「確かにあなたの言うとおりかもしれない。それでも、私にはあなたと結婚できない理由がある。どうすることもできない理由が」

クープは眉を上げた。「それは何だ？」

ブリストルは彼の目を見つめたまま言った。「あなたは死んでしまうかもしれないからよ」

18

「あなたは死んでしまうかもしれない……」

彼女を見つめたまま、クープは昨夜も同じ台詞《せりふ》を耳にしたことを思い出した。なぜこれほどまでに俺が死ぬ可能性に固執するのか？

そう考えて、ふと別の言葉もよみがえった。三年前、彼女は俺がみんなと同じように死んだと思っていた。それを聞いたときは誰を指しているのか理解できなかった。だが、ようやく思い当たった。彼女の母親、父親、叔母。彼女にとって大事な、愛する人たち。

クープの心臓が早鐘を打つ。つまり、彼女は俺を大事に思っているのか？　俺を愛しているのか？

「ゆうべも同じ会話をしたことをはっきりと覚えている。俺が死ぬ可能性にそれほどこだわるのはなぜなんだ、ブリストル？　なぜ俺がきみとラミーのもとに戻ってこないと思いこんでいるんだ？」

目の前で彼女が身をこわばらせた。その瞳には紛れもない不安の表情が浮かんでいる。ふたりは無言で見つめ合ったが、やがてブリストルは顔をこすってから、ふたたび視線を合わせた。クープは彼女が涙をこらえているのに気づいた。

「話してくれ、ブリストル。何もかも」彼はそっと言った。

ブリストルの脳裏に、ディオンヌがアパートメントを訪ねてきて、クープについて判明したことを教えてくれた日の記憶がよみがえった。あのときの自分がどんな心境だったたか、なぜ実際に結婚するわけにはいかないのか、どうしたら彼に理解してもらえるのかしら?

あんな思いはもう二度としたくない。

「あなたが死んだと聞いたとき――」言葉に詰まらないように努めながら、彼女は切り出した。「私も死んでしまうかと思った。それくらいショックだった。あんな苦しみを味わったことはなかった。母や父、そしてドリー叔母さんを失ったときよりも、ずっと苦しかった。苦しいと同時に、ひどく孤独だった」涙をこらえて続ける。「そのとき、私の赤ちゃんが……私たちの赤ちゃんが……初めて動いたの。大丈夫だよって慰めようとするみたいに。あなたまで死んでしまったと思うと、二度と立ち直れそうになかった。だけど、おかげでやっと理解した。私のおなかには赤ちゃんがいて……あなたの子がいて……あなたはずっとその子の中にいる、この子がいれば私は生きていけると」

クープは立ち上がると、歩み寄って手を差し出した。ブリストルがその手を取ると、彼はやさしく引き寄せ、ソファから立たせて抱きしめた。そのとき初めて、ブリストルは涙をこらえきれなかったことに気づいた。わずかに頬にこぼれ落ちていた。

「きみがそれほど思っていてくれたとわかって、これ以上うれしいことはない。前にも言ったように、囚《とら》われているあいだ、片時もきみのことが頭から離れなかった。その結果、俺は生き延びることができた」

「どうして?」ブリストルは彼がなぜ自分のことを考えていたのかを知りたかった。

「一緒に過ごしたあの三日間で、きみが強烈な印象を残したからだ」クープは身を引いて彼女を見つめ、自分のほうに視線を向けさせた。「そしてこのとおり、俺はぴんぴんしている。どれだけ拷問を受けようと、どうにか耐え抜いた――きみのおかげで」

ブリストルは眉を上げた。「私のおかげ?」

「ああ。きみのために生き残らなくてはならないと自分に言い聞かせていた。救出されたら、きみのもとに戻らなければならないと」

信じられない思いだった。

「だが、パリに戻ったときには、きみはもういなかった」

ブリストルは呆然《ぼうぜん》として彼を見つめた。「いま、何て？」聞き違いだと思った。

「救出されてから、軍による身体および精神評価を受けなければならなかった。それに三カ月ほどかかったんだ。終わってすぐにパリへ飛んだ。ところがアパートメントの管理人から、きみはアメリカに帰国して、郵便物の転送先住所もわからないと聞かされた」

ブリストルは頭がくらくらするのを感じた。「パリへ行ったの？　私を捜しに？」

「そうだ」

「でも、どうして？」

クープは彼女のあごをそっと手で包んだ。「もう一度会って、あの三日間がかけがえのない時間だったことを伝えたかった」

「本当に？」

「ああ。だが、本当の意味でそのことに気づいたのは、今朝、きみとラミーの寝顔を見たときだ。そして確信した」

「何を？」

クープは彼女の顔から手を離し、腰に回した。

「きみに恋をしたと」

ブリストルはますますめまいを覚えた。「いま何て言ったの？」

彼はほほ笑みかけた。「きみに恋をしたと言ったんだ。パリにいるあいだに。単なる性的な衝動だと自分に言い聞かせようとした。最初はそうだったかもしれない。だが、きみのアパートメントを出るころには、ほかの女性には感じたことのない愛《いと》おしさを覚えていた」

「クープ……」涙が止まらなかった。「私も愛してる。だけど、またあなたを失うかと思うと怖くてたまらないの」

クープは彼女を引き寄せ、しっかりと抱きしめた。

「大丈夫だ。人生に保証はない。それは誰でもわかっている。だからこそ、一緒に過ごす時間を楽しむことが大事なんだ。少なくとも、何度も死にかけた経験から、些細《ささい》なことは気にせずに人生を味わうことを学んだ。俺の望みは、きみと息子とともに、このうえなく充実した人生を送ることだ。頼むから叶《かな》えさせてくれ」

言葉を切ってから、クープは続けた。

「きみはかつて、俺に生きる希望と意志を与えてくれた。これからも秘密任務に赴くたびに、きみは希望を与えてくれるだろう、ブリストル。いまの俺には戻ってくるべき場所がある。きみとラミーのもとに。世界で最も愛するふたりのもとに」

彼の言葉がすべてだった。それこそずっと聞きたかったことだった。どんな不安も乗り越えなければならないと思いつつ、ブリストルは彼を抱きしめた。自分のために。彼のために。ふたりの子どものために。強くならなければならない。長い時間を経て、互いの人生がふたたび交わったことには理由があると信じなければならない。

ブリストルは体を離すと、背伸びをして唇を重ねた。唇が触れ合った瞬間、燃えるような熱に包まれる。その熱はクープにも伝わり、彼はブリストルを抱きしめる腕に力をこめた。

舌の動きを感じるたび、彼女は悦《よろこ》びのうめき声を漏らした。これを求めていた。前を向いて生きるべきだわ。彼との再会には理由がある。目的がある。自分の両親ができなかったことをふたりで成し遂げたい。力を合わせて子どもを育てよう。

クープのキスが激しくなり、ブリストルは体の芯が震えるのを感じた。

ふいに彼は体を離すと、彼女の目をのぞきこんだ。

「もっと欲しい」

それ以上、何も言う必要はなかった。クープは彼女を抱き上げ、二階へ運んだ。

そして彼女を抱き寄せると、ふたたびブリストルと愛を交わしたあとに、クープはささやいた。

「愛している」

二階に上がってきてから三度、たっぷりと愛し合い、そのあいだにうたた寝をした。昨日の朝のことを考えると、あと数時間で息子が部屋に押し入ってくるだろう。だが、まだブリストルに話さなければならないことがある。

彼女はいまにも眠りに落ちそうだったが、クープは呼びかけた。「ブリストル?」

「うん?」

「結婚してくれるか?」

彼女はしばらく何も言わなかったが、やがて顔を上げた。「不安に負けるわけにはいかない、そうでしょう?」

彼はうなずいた。「そうだ」

彼女の唇に笑みが浮かぶ。「だったらイエスよ、クープ。あなたと結婚するわ」

クープは顔を輝かせた。「いつ?」

ブリストルがくすくす笑う。「とりあえずクリスマスが終わってからでないと」

彼は肩をすくめた。「そうだな」

ブリストルは彼の頬にキスをした。「私の意見に耳を貸してくれてうれしいわ」そして尋ねる。「次の任務には、いつ出発するの?」

「一月末だ。その前に結婚したい」

「構わないわ」

「周囲には、再宣誓式を行うということにしておこう。事実を知っているのは数人だけだ」

「チームの仲間？」

「ああ、それと両親だ。きみを愛していると伝えた。少なくとも、男女が強い愛情で結ばれることがあるのは理解してくれたよ。きみとララミーに会えるのを楽しみにしている」

最初の衝撃が収まると、両親のほうから電話をかけてきた。いまでは孫ができたことを心から喜んでいる。

「ハネムーンには当分行けそうにないから、出発する前に一、二週間、きみとララミーを牧場に連れていきたいと思っている」

「すてきだわ。ここよりも向こうで暮らしたい？」

彼女は尋ねた。

「きみが好きな場所ならどこでも構わない。何なら両方を行き来しても」

「それがいいかもしれないわ。でも、何となくあなたの牧場が気に入りそう」

クープはそうなることを望んでいた。自分が子どものころにそうだったように、ララミーにも〈クーパーズ・ベンド〉を大好きになってもらいたかった。

「ホテルをチェックアウトして、こっちに移ってこない？」

彼は笑った。「そうするよ。それで三人でクリスマスを過ごそう」

「すばらしいわ」

クープは彼女を抱き寄せた。ブリストルの言うとおり、何もかもすばらしかった。彼女と人生をともにするかぎり、これからもすべてがすばらしいだろう。

すべてが申し分ないにちがいない。

エピローグ

「ここにふたりが夫婦であることを宣言します。ララミー・クーパー、花嫁にキスを」

クープはブリストルを抱き寄せた。いまや彼女が本当に自分のものになったことで頭がいっぱいだった。法律上も。だが、ふいにズボンを引っ張られるのを感じ、キスを中断して息子を見下ろした。

「パパ、ぼくもママにキスする」

クープが息子を抱き上げてブリストルにキスをさせると、その場は笑いの渦に包まれた。

彼は周囲を見まわした。ブリストルが通っている教会でのささやかな式だった。チームの仲間はそれぞれ妻を伴って昨日到着した。クープの両親は孫に夢中で、ララミーは注目の的になって楽しそうだった。

ミズ・シャーロットと四人の息子も参列しており、クープは彼らに会えて喜んだ。ブリストルは話していなかったが、四人ともニューヨーク市警の警察官で、クープが留守のあいだはブリストルを見守ると請け合ってくれた。

その日の朝、ブリストルの家を訪ねたクープの母は、暖炉の上に飾られた大きな絵を目ざとく見つけた。すかさず尋ねると、ブリストルは父と共同制作した作品だと打ち明け、そのときになってようやく父親の名を明かした。クープは母を床から抱き上げるはめになるかと思った。芸術愛好家の母は、義理の娘になる女性が著名な画家ランダル・ロケットの娘だと考えただけでめまいを起こした。

披露宴は教会の会食室で行われ、明日は三人でラレドの牧場へ向かう。クープは早くふたりに〈クーパーズ・ベンド〉での牧場生活を見せたくてうずうずしていた。

ハネムーンは彼が次の任務を終えてから出発する予定だ。ジャマイカに滞在するあいだは、ミズ・シャーロットがララミーを預かってくれることになった。

「準備ができたら、ミズ・シャーロット主催の披露宴に行きましょう」ブリストルは彼に声をかけた。

息子を腕に抱きながら、クープは彼女に笑みを向けた。「準備オーケーだ。きみのことなら、いつでも準備はできている」

「招待してくれてありがとう、ブリストル」

彼女はコリン・クサックにほほ笑みかけた。クープと再会したあの晩、画廊で電話番号を交換したのだ。その数日後、さっそくミスター・クサックが電話をかけてきて、そのときに、ブリストルが思っていたとおり、毎年誕生日に父の名で花束を贈ってくれていたのは彼だったことがわかった。ランダルから生前に頼まれて、固く約束したという。

もうひとつ、ときどきブリストルの様子を気にかけてほしいとも頼まれていた。そのため、ミスター・クサックは彼女のパリでの暮らしぶりも把握していた。当然、出産のためにアメリカへ帰国したことも。そしてあの晩、画廊で、ちょうどいい機会だと思って話しかけることにしたそうだ。驚いたことに、コリン・クサックはニューヨークでも指折りの資産家だった。

「父の代わりに新郎に引き渡す役目を務めてくださって、ありがとうございました」

「私のほうこそ、頼んでくれてうれしいよ。とても光栄だ。今日のきみの姿を見たら、ランダルも誇らしかったにちがいない」

「ありがとうございます」

もうしばらくふたりで話していると、クープの仲間の妻たちが挨拶にやってきた。皆、感じのいい女性ばかりで、不安を抱えているのはブリストルだけではないと慰めてくれた。海軍特殊部隊《ネイビー・シールズ》の隊員の妻であるかぎり、避けては通れないことだと。そして、何かあれば力になると申し出てくれた。

女性たちと入れ替わりに、マージーが満面の笑みを浮かべて現れた。その理由は想像に難くなかった。

「信じられないわ。あなたの夫にこれほどの金脈があったなんて。まさかご両親があのクーパー夫妻だったとは。スティーブンより彼を選んで正解だったわね」

そもそもスティーブンの出る幕などなかったとは、あえて言わなかった。マージーが行ってしまうと、クープが隣にやってきた。「もうじき空港へ向かう車が来る」

ふたりはララミーを連れて、彼の両親の自家用ジェット機でテキサスへ向かうことになっていた。三人で一週間の休暇を過ごすのだ。クープが馬のことを話すと、ララミーは大興奮で、牧場を訪れる日を指折り数えて待っていた。

クープは周囲の目を気にせずに妻を抱き寄せ、耳元でささやいた。「愛している」

ブリストルはほほ笑んだ。「私も愛してるわ」

嘘《うそ》偽りのない本心だった。

―

ハーレクイン®

忘れ形見の名に愛をこめて
2024年5月20日発行

著　　者　ブレンダ・ジャクソン
訳　　者　清水由貴子（しみず　ゆきこ）

発 行 人　鈴木幸辰
発 行 所　株式会社ハーパーコリンズ・ジャパン
東京都千代田区大手町 1-5-1
電話 04-2951-2000（注文）
0570-008091（読者サービス係）

印刷・製本　大日本印刷株式会社
東京都新宿区市谷加賀町 1-1-1

表紙写真　© Cameracraft8 | Dreamstime.com

ISBN978-4-596-54093-5 C0297

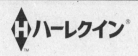

5月31日発売

ハーレクイン・シリーズ 6月5日刊

ハーレクイン・ロマンス

愛の激しさを知る

秘書が薬指についた嘘	マヤ・ブレイク／雪美月志音 訳	R-3877
名もなきシンデレラの秘密 《純潔のシンデレラ》	ケイトリン・クルーズ／児玉みずうみ 訳	R-3878
伯爵家の秘密 《伝説の名作選》	ミシェル・リード／有沢瞳子 訳	R-3879
身代わり花嫁のため息 《伝説の名作選》	メイシー・イエーツ／小河紅美 訳	R-3880

ハーレクイン・イマージュ

ピュアな思いに満たされる

捨てられた妻は記憶を失い	クリスティン・リマー／川合りりこ 訳	I-2805
秘密の愛し子と永遠の約束 《至福の名作選》	スーザン・メイアー／飛川あゆみ 訳	I-2806

ハーレクイン・マスターピース

世界に愛された作家たち
〜永久不滅の銘作コレクション〜

純愛の城 《特選ペニー・ジョーダン》	ペニー・ジョーダン／霜月　桂 訳	MP-95

ハーレクイン・ヒストリカル・スペシャル

華やかなりし時代へ誘う

悪役公爵より愛をこめて	クリスティン・メリル／富永佐知子 訳	PHS-328
愛を守る者	スザーン・バークレー／平江まゆみ 訳	PHS-329

ハーレクイン・プレゼンツ作家シリーズ別冊

魅惑のテーマが光る
極上セレクション

あなたが気づくまで	アマンダ・ブラウニング／霜月　桂 訳	PB-386

※予告なく発売日・刊行タイトルが変更になる場合がございます。ご了承ください。